# Mrs Palfrey, Hôtel Claremont

Du même auteur
chez le même éditeur

*Mrs Palfrey, Hôtel Claremont*
*Cher Edmund*
*Noces de faïence*
*Une saison d'été*
*La Bonté même*
*Le Papier tue-mouches*
*Une partie de cache-cache*
*Le Cœur lourd*
*Vue sur le port*
*La Belle endormie*

En collection de poche

*Angel* (n° 41)
*Cher Edmund* (n° 98)
*Noces de faïence* (n° 125)
*Une saison d'été* (n° 155)
*La Bonté même* (n° 190)
*Le Papier tue-mouches* (n° 250)
*Une partie de cache-cache* (n° 273)
*Le Cœur lourd* (n° 307)
*Vue sur le port* (n° 373)

Elizabeth Taylor

# Mrs Palfrey, Hôtel Claremont

Traduit de l'anglais par
Nicole Tisserand

Rivages

Couverture :
August Macke
*Femme et enfant au parc*, 1914 (détail)

Titre original : *Mrs Palfrey at the Claremont*


106, bd Saint-Germain - 75006 Paris

ISBN : 2-86930-545-1
ISSN : 1141-1591

# Chapitre 1

Mrs Palfrey arriva à l'hôtel Claremont un dimanche après-midi de janvier. Londres était sous la pluie et le taxi, pataugeant sur Cromwell Road presque désert, longeait une série de caverneuses demeures à portique ; le chauffeur conduisait lentement et, ne sachant pas où se trouvait l'hôtel, il passait la tête à l'extérieur malgré l'averse. Constater que l'hôtel lui était inconnu avait un peu déconcerté Mrs Palfrey, car elle-même ne le connaissait pas, et elle commençait à se demander ce qu'elle allait découvrir. Elle s'efforça de ne pas se laisser gagner par la peur. La menace de sa propre dépression l'angoissait.

S'il ne me plaît pas, je n'y resterai pas, se promit-elle avec un léger mouvement des lèvres, penchée en avant sur la banquette, regardant de chaque côté de la grande avenue effrayante en redoutant presque d'apercevoir l'enseigne du Claremont sur l'un des portiques victoriens. De très nombreux hôtels se succédaient sur Cromwell Road, et tous lui paraissaient pratiquement semblables.

Elle s'était fiée à une publicité lue par hasard dans un journal, lors d'un séjour en Ecosse chez sa fille Elizabeth. Tarifs réduits en hiver. Excellente cuisine. Un point qu'il vaut mieux ne pas prendre à la lettre, s'était-elle dit à l'époque.

Le taxi finit par ralentir. « Hôtel Claremont », lut-elle : de larges lettres s'étalaient nettement sur deux, ou peut-être trois grandes maisons réunies en un seul bâtiment. Elle se sentit mieux. Les colonnes du portique avaient été récemment repeintes ; pots de lauriers roses mouchetés aux fenêtres ; rideaux propres – une façade indiscutablement respectable.

Elle s'extirpa de la voiture et, prenant appui sur sa canne à embout caoutchouté, traversa le trottoir puis gravit quelques marches. Ses varices la faisaient souffrir ce jour-là.

C'était une femme de haute taille, à l'ossature massive et au visage noble, sourcils sombres et bajoues aux plis marqués. Elle aurait fait un homme aux traits distingués et, parfois, en robe du soir, elle ressemblait à l'un de ces généraux qui s'habillaient en femme pour se rendre aux réceptions que les militaires de l'Empire britannique organisaient traditionnellement entre eux.

Suivie du chauffeur portant ses bagages (car l'hôtel ne donnait aucun signe de vie), elle se débattit avec la porte à tambour et faillit trébucher dans le hall silencieux. La réceptionniste afficha une froide gentillesse, comme si elle travaillait dans une de ces cliniques réservées aux malades mentaux. « *Quel* sale temps ! » dit-elle. Le chauffeur de taxi, ployant sous les valises, semblait déplacé dans ce lieu feutré, et le concierge prit immédiatement le relais. Mrs Palfrey ouvrit son sac et en retira quelques pièces, méthodiquement. Elle agissait sans hâte, de façon presque autoritaire. Elle avait toujours su comment se conduire. Jeune mariée, en Birmanie, en dépit de circonstances aussi étranges qu'inquiétantes, elle était restée calme, admirable – lorsque, par exemple, à cause des inondations, on l'avait conduite dans sa nouvelle demeure en bateau à rames ; imperturbable, elle avait découvert une maison plus qu'humide, et un serpent enroulé autour de la rampe d'escalier pour lui souhaiter la bienvenue. Redressant les épaules, elle s'était sévèrement admonestée, tout comme elle l'avait fait l'après-midi même dans le train qui la menait à Londres.

Malgré un long entraînement, elle trouvait plus difficile de montrer de l'assurance ces derniers temps. Dans sa jeunesse, elle avait pu s'appuyer sur l'image qu'elle offrait d'abord au jeune époux qu'elle admirait, puis à elle-même et enfin aux indigènes (je suis anglaise). Aujourd'hui, cette image que personne ne lui renvoyait lui semblait amoindrie : elle avait perdu les deux tiers de sa valeur d'antan (plus de mari, plus d'indigènes).

Lorsque le concierge se retira après avoir déposé ses valises, elle songea que les prisonniers devaient éprouver un sentiment similaire en se retrouvant enfermés dans leur cellule, attirés d'abord par la fenêtre, puis se retournant pour contempler la porte close ; ensuite, ils comptaient les pas qui séparaient chaque mur. Tout cela lui traversa rapidement l'esprit.

De la fenêtre, elle voyait – voyait seulement – un mur de briques blanc sur lequel glissait une pluie sale, et une échelle d'incendie en fonte assez élégante. Elle s'efforça de la trouver élégante. L'aspect extérieur – surtout en ce sombre après-midi – était décourageant ; mais elle n'ignorait pas que les chambres sur cour, qu'on destine aux dames nécessiteuses, ne sont pas censées être différentes. Les chambres avec vue, elles, sont réservées aux couples en lune de miel, Dieu seul sait pourquoi.

Le lit paraissait assez haut, et le tapis était usé, mais pas jusqu'à la corde ; des roses s'y distinguaient encore. On avait condamné la cheminée d'angle, et il n'en restait plus que le foyer en carreaux de céramique bleu canard. Une sèche odeur de brûlé et des bruits assourdis se dégageaient du radiateur. Lourds boutons de bois aux tiroirs de la commode, remarqua-t-elle. Plutôt une chambre de bonne, en fait.

Elle ôta son chapeau et fit bouffer sa chevelure. Des cheveux courts, gris, aux ondulations régulières, comme si une main ouverte s'était refermée sur eux.

Le silence était étrange – un silence et une étrangeté de dimanche après-midi ; et sur le moment son cœur chavira, bascula dans un désespoir sans fond, comme au moment où elle avait compris brutalement, ou n'avait pu éviter de comprendre brutalement, que son époux à l'agonie allait mourir. En dépit de tout espoir, malgré toutes ses prières.

Elle s'assit sur le bord du lit et inspira profondément pour se remettre ; relevant le menton, elle avait l'air de vouloir donner l'exemple.

L'ascenseur, au loin, gémit. Elle en entendit bientôt claquer la porte puis, ensuite, divers sons émiettés, pas, conversations, gens qui s'approchaient, suivaient un couloir et encore un autre. Deux voix courtoises passèrent enfin devant sa porte. Elle leur en fut reconnaissante.

Ses idées noires se dissipèrent et elle entreprit de défaire ses valises. Elle suspendit ses vêtements à des cintres et songea aux foyers d'antan, avec une sorte de gratitude, sans plus de tristesse. Chaque objet lui était familier – les pilules ballottaient familièrement dans les flacons qu'elle aligna sur la table de nuit. Elle déposa sur une chaise son étole de fourrure. Comme d'habitude, une odeur animale, chargée de camphre, s'en dégageait. Elle décida de la porter pour le dîner, afin de faire une première impression marquante. Sur qui, l'avenir le dirait, ou ne le dirait pas. Elle plaça près de son lit l'anthologie poétique de

Palgrave, ainsi que sa Bible, bien qu'elle ne fût pas pratiquante.

Lorsqu'elle eut terminé de défaire ses bagages – elle fit durer cette opération aussi longtemps que possible, afin que plus tard paraisse plus proche – elle saisit son sac de toilette et suivit le couloir jusqu'à la porte marquée « Bains-Dames ».

Sa table se trouvait dans un angle de la salle à manger. Elle était décorée d'un unique chrysanthème blanc et de branches de verdure fluettes dans un vase argenté. Bientôt y serait déposé son propre paquet de pain scandinave sans levain puis, au petit déjeuner, ses céréales diététiques et sa marmelade d'oranges de qualité supérieure. Elle n'appréciait pas les confitures d'hôtel.

Aux autres tables étaient installées quelques vieilles dames qui, aux yeux de Mrs Palfrey, y semblaient assises depuis des années. Elles attendaient patiemment le potage au céleri, mains croisées sur les cuisses, yeux rêveurs. Un ou deux couples mariés échangeaient de temps à autre de menues remarques pour sauver les apparences, se rappelant momentanément à la réalité en cessant de porter un vague regard alentour ou d'émietter du pain. Ils avaient l'air de passage, contrairement aux vieilles dames. Les serveuses se déplaçaient en silence sur la moquette épaisse, comme si elles prenaient part à quelque rituel. De nombreuses tables étaient inoccupées.

Après le potage au céleri pâteux, il fallait choisir entre une volaille rôtie du Surrey et une dinde froide du Norfolk. On passa ensuite un chariot chargé de rubicondes gelées tremblotantes et de salades de fruits molles (essentiellement composées, nota Mrs Palfrey, de tranches de pommes et de bananes). On servit le café au salon. Le tout fut assez rapidement expédié, sans conversation pour faire durer le temps. Huit heures un quart.

Dans le salon, on sortit les tricots. Il y eut même une amorce de conversation à bâtons rompus. Mrs Palfrey n'ignorait pas que, dans un hôtel de ce genre, chaque client dispose d'un fauteuil attitré. Sachant comme d'habitude comment se comporter, elle s'assit pour cette première soirée dans un endroit assez sombre, près de la porte et dans un courant d'air, s'enveloppa les épaules de son étole puis ouvrit son Agatha Christie.

A neuf heures, elle remarqua une certaine animation parmi les clients. Les aiguilles à tricoter une fois plantées dans les pelotes de laine (elle décida d'apporter elle aussi un tricot dès le lendemain) et les livres fermés avec gratitude comme s'ils n'avaient eu qu'une fonction intermittente, les corps raides s'extirpèrent en ronchonnant des bergères.

Mrs Palfrey fut la seule à poursuivre sa lecture, perplexe. Une vieille dame, plus lente que les autres, courbée par l'arthrite et s'appuyant sur deux cannes, interrompit près du fauteuil de Mrs Palfrey sa difficile progression vers la porte. « Vous ne venez pas regarder le feuilleton ? » demanda-t-elle, et on avait l'impression qu'elle aurait pu sourire si marcher lui avait été moins douloureux.

Mrs Palfrey se leva rapidement, rougissant un peu comme si, nouvelle à l'école, le préfet des études s'adressait à elle pour la première fois.

« Je m'appelle Elvira Arbuthnot, bougonna l'invalide en s'éloignant avec peine. Nous aimons beaucoup regarder ce feuilleton. Ça change un peu. »

Mrs Palfrey était satisfaite de sa première soirée. Quelqu'un lui avait parlé : elle connaissait un nouveau nom. Demain, au petit déjeuner, elle pourrait adresser un signe de tête à Mrs Arbuthnot, lui dire « bonjour ». Ce serait une agréable façon de commencer la journée. Ensuite, elle irait acheter son pain scandinave, sa confiture et de la laine. (Que diable tricoterait-elle, se demanda-t-elle, et pour qui ?) De cette façon, elle serait occupée toute la matinée.

Elle aida sa nouvelle relation à trouver une place dans la pièce sombre. Pour sa part, elle s'installa sur une chaise inconfortable, derrière un rang de bergères. Des têtes aux cheveux clairsemés s'appuyaient contre les têtières. Quelqu'un se retourna avec raideur et la considéra un moment, comme pour l'aviser de ne pas bouger. Elle s'abstint du moindre mouvement. Elle ne comprit pas grand-chose au feuilleton, n'ayant pas vu le début.

Rien, de toute la nuit, ne troubla le silence de l'hôtel ; le bruit de la circulation londonienne, étouffé et apaisant, semblait provenir d'un autre monde. Mrs Palfrey dormit mal et fut soulagée d'entendre enfin quelqu'un passer dans le couloir, puis le bruit de l'eau jaillissant des robinets. Elle se leva, enfila sa robe de chambre et s'assit, son sac de toilette au bras, guettant les pas. Lorsqu'ils eurent résonné de nouveau, elle franchit le seuil de sa chambre avec une hâte discrète, s'engagea dans le corridor et posa la main sur la poignée de la porte de la salle de bains avant que quelqu'un d'autre ne soit sorti.

La pièce était chaude et noyée de buée, le sol humide, et dans la baignoire mouillée serpentait un poil gris. Elle l'évacua à grande eau en s'efforçant de ne pas y penser. Elle prit un bain rapide (par égard pour les autres), son savon parfumé au citron venant à bout de la précédente odeur d'œillet.

Plus tard, vêtue de lainages grenat, portant son collier de perles et des chaussures de marche, elle gagna la salle à manger et adressa un léger signe de tête à une ou deux personnes en se dirigeant vers sa table. La serveuse d'un certain âge patienta, maussade, près de Mrs Palfrey hésitant entre porridge et pruneaux ou haddock et saucisses.

Tandis qu'elle attendait ses pruneaux, Mrs Palfrey réfléchit à la journée qui s'annonçait. La matinée serait agréablement remplie ; mais l'après-midi et la soirée risquaient d'être longues. Ne te laisse pas aller, se dit-elle ; elle savait qu'elle avait tendance, en vieillissant, à consulter très fréquemment sa montre : il était toujours plus tôt qu'elle ne l'avait imaginé. Dans sa jeunesse, il était toujours plus tard.

Je pourrais faire un tour au Victoria and Albert Museum, songea-t-elle – tout en sentant confusément que cette visite serait reportée. Il se passe toujours tellement de choses à Londres, avait-elle déclaré à sa fille lorsque celle-ci, estimant que ce serait plus agréable, lui avait suggéré d'aller vivre à Eastbourne. A Londres, on disposait de nombreux spectacles gratuits, on voyait tant de gens divers.

Des voilages masquaient les fenêtres de la salle à manger, mais elle avait l'impression qu'il s'était remis à pleuvoir.

Une fois son petit déjeuner achevé, elle sortit dans le hall et resta près de la porte à tambour, contemplant les passants qui, courbés sous leurs parapluies, éclaboussés par les autobus, se hâtaient sur la chaussée mouillée. En route vers leur travail. Un lundi matin comme tous les autres, constata Mrs Palfrey avant de retourner dans le salon rédiger une lettre joyeuse à l'intention de sa fille.

A onze heures, elle décida de se risquer dehors et

sortit poster sa lettre et faire ses courses. Cela lui demanda beaucoup moins de temps que prévu et, malgré ses varices, elle se promena jusqu'à la place voisine, le long du square. A l'intérieur du petit parc se trouvaient des allées bitumées, une serre et des massifs trempés de pluie. Le square ressemblait à un lieu d'aisance pour chiens. Tous les pékinois et les caniches du quartier venaient faire leurs besoins près des grilles. Elle prit soin de regarder où elle posait les pieds.

Je verrai fleurir les lilas, pensa-t-elle. Exactement comme dans le jardin de Rottingdean. L'environnement aurait difficilement pu être plus différent ; mais, concernant les lilas, sa décision était prise. Ils feraient partie de ses règles, de son code de conduite : être indépendante ; ne pas s'abandonner à la mélancolie ; ne jamais entamer son capital. Elle s'était conformée à ces lois.

A midi, elle rentra à l'hôtel. Elle était restée une heure dehors.

« La bonne éducation anglaise ! s'écria Mrs Post, en s'engageant dans la porte à tambour à la suite de Mrs Palfrey. Qu'est-elle devenue ? C'était tellement agréable. »

Elle tamponna ses bas gris acier qu'une voiture venait d'éclabousser. « Aucune considération. »

Mrs Palfrey émit un claquement de langue compatissant.

« Vous êtes arrivée hier soir, déclara Mrs Post – ce qui était une piètre information. Combien de temps comptez-vous rester ? »

Mrs Palfrey demeura délibérément évasive.

« Je file me recoiffer, dit Mrs Post, en se dirigeant vers l'ascenseur. Ma cousine vient déjeuner. Cet hôtel est désormais mon véritable foyer, voyez-vous. C'est ici que je reçois. »

Dans l'ascenseur, une légère gêne les envahit. Chacune contemplait les souliers de l'autre. Mrs Post s'efforça de relancer la conversation. « Vous avez de la famille à Londres ? demanda-t-elle.

– Mon petit-fils habite à Hampstead.

– Dans ce cas, vous le verrez souvent, j'imagine. Cela fait une énorme différence. Vous logez à cet étage ? »

Elles sortirent de l'ascenseur et s'engagèrent dans le couloir.

« La famille, ça change tout, reprit Mrs Post. Même si on n'envisage pas d'aller vivre avec.

– Hors de question, confirma Mrs Palfrey.

– Si dure que soit la situation. Mais j'aime bien les voir ; j'adore qu'ils viennent me rendre visite. Si je n'avais pas tant de parents à Londres, je crois vraiment que j'irais m'installer à Bournemouth. Le climat est plus doux, et il s'y passe toujours quelque chose.

– J'aurais cru que c'était à Londres qu'il se passait toujours quelque chose, murmura Mrs Palfrey.

– C'est vrai, mais on dirait que personne ne fait l'effort d'en profiter. »

## Chapitre 2

Tandis que les jours s'écoulaient, s'écoulaient lentement, Mrs Palfrey apprenait à distinguer les pensionnaires des oiseaux de passage. Les pensionnaires étaient représentés par trois veuves assez âgées et un vieux monsieur, un certain Mr Osmond, qui ne paraissait guère apprécier la compagnie féminine à laquelle il était le plus souvent condamné. Il s'efforçait de faire durer la conversation avec le garçon vieillissant de la salle à manger, s'attardait à bavarder avec le concierge, arrêtait au passage le directeur.

Le bar n'était en réalité qu'une portion du salon ; on sonnait et, arrivant de la salle à manger, un serveur finissait par venir ouvrir le placard où étaient rangées les bouteilles. C'était là, dans cette partie de la pièce, que Mr Osmond prenait place en début de soirée. De l'autre extrémité de la pièce provenait régulièrement le cliquetis des aiguilles à tricoter et le bourdonnement assourdi de la circulation de Cromwell Road derrière les épais rideaux.

Mr Osmond buvait du vin. Il restait assis, immobile, son verre à côté de lui semblant lui tenir compagnie. Il guettait le directeur, qui venait de temps en temps jeter un coup d'œil. Il ne parvenait pas à dissimuler sa contrariété lorsque Mrs Burton pénétrait sur le territoire qu'il avait annexé et sonnait pour commander des whiskies. Elle dépensait une fortune en alcool, ce qui stupéfiait les autres dames : elle boit tout son argent, avait déclaré Mrs Post. Mrs Burton avait d'autres côtés extravagants, notamment le rinçage mauve de sa chevelure et ce que Mrs Arbuthnot appelait, non sans exagération, sa façon de fumer cigarette sur cigarette. Mrs Arbuthnot, peut-être à cause de son arthrite, estimait naturel d'être désobligeante.

Mrs Palfrey, qui souhaitait profondément trouver sa place et s'y faire accepter, eut pourtant suffisamment de force de caractère pour se former sa propre opinion sur Mrs Burton. « J'attends de voir pour croire » aurait pu être sa devise si cela ne lui avait pas semblé un langage de domestique.

Le principal point de rencontre des pensionnaires se trouvait être le hall où, environ une heure avant le déjeuner et le dîner, on affichait le menu près de l'ascenseur. Chacun, à ces moments-là, paraissait s'y trouver par hasard : on lisait les vieux bulletins d'information de l'église voisine sur le panneau mural, on tapotait le baromètre, on demandait le courrier au concierge, ou on regardait dans la rue. Personne ne voulait avoir l'air glouton, ou obsédé par la nourriture – mais les repas venaient couper la journée, et les menus permettaient un léger choix, offraient des satisfactions et des déceptions semblables à la vie d'antan.

Une fois le carton glissé dans le cadre, et bien qu'attendu avec impatience, il restait un certain temps ignoré. Ensuite quelqu'un, peut-être Mrs Arbuthnot engagée dans sa lente progression vers l'ascenseur, s'arrêtait nonchalamment devant, à peine quelques secondes. Il n'y avait pas grand-chose à retenir – un choix de deux ou trois plats, doublé du fait (que Mrs Arbuthnot connaissait, même si Mrs Palfrey ne l'avait pas encore enregistré) que les mêmes menus revenaient tous les quinze jours, voire plus souvent. On pouvait permuter, mais pas innover.

Mr Osmond ne condescendait pas à employer les faux-fuyants des vieilles dames. Il se dirigeait à grands pas vers le menu lorsqu'il estimait le moment venu, et se plantait carrément devant, viril, pour le lire à voix haute avec force « hum-hum » et « ha-ha », avant de lancer au concierge : « J'espère que le pudding au pain beurré sera meilleur que la dernière fois. Plein d'eau. Sacrément infect, vous pouvez me croire. » D'homme à homme. C'était un langage assez osé pour Mrs Palfrey, et elle fronçait les sourcils (avant de s'approcher à son tour, furtivement). Son époux n'avait jamais juré en sa présence, bien qu'il ait dû le faire souvent, mais quand il le fallait et à l'endroit voulu. Elle imaginait vaguement des indigènes récalcitrants.

Mrs Burton ne venait presque jamais guetter le menu. Elle avait d'autres choses à faire – notamment utiliser la sonnette. Mais au soir de la sixième journée de Mrs Palfrey, elle traversa le hall en rentrant de chez le coiffeur. Tandis qu'elle attendait l'ascenseur avec Mrs Palfrey, elles lurent le menu chacune à leur tour. Mrs Burton soupira. « L'inévitable fricassée du vendredi », murmura-t-elle. L'ascenseur arriva en grinçant et elles y prirent place. C'était parfois un bon moyen de nouer connaissance, de débuter une conversation, avait constaté Mrs Palfrey. Il n'était pas de bon ton d'y garder un silence maussade. « Ouvert aux clients ne résidant pas à l'hôtel, murmura Mrs Burton, méprisante. Cette précision, là-dehors, m'amuse toujours. Je doute fort que quiconque puisse se laisser piéger. »

Elle dégageait une forte odeur de laque, à laquelle

s'ajoutait celle du whisky du déjeuner. Ses cheveux étaient plus mauves que jamais, et elle les avait ornés d'une résille parsemée de minuscules nœuds de velours.

Elle vivait au Claremont depuis cinq ans, expliqua-t-elle, et rares étaient les non-pensionnaires qui s'étaient aventurés à venir y prendre un repas. « De même que je n'ai jamais connu un vendredi sans fricassée, ajouta-t-elle. Quelle monotonie ! Mais c'est partout pareil. Avant, j'étais à l'Astor. Vous connaissez l'Astor ? C'est à Bloomsbury. Ah là là, Bloomsbury ! Ce que ça peut être triste par un après-midi d'hiver… surtout le dimanche. Mais dites-moi, si nous prenions un petit verre avant le dîner ? »

Mrs Palfrey, en acceptant l'invitation, se dit que l'ascenseur avait déjà fait des merveilles ; elle éprouvait un sentiment d'excitation à l'idée de l'émoi qu'elle allait provoquer – et pas sur le mode de l'approbation, elle s'en doutait bien – en accompagnant Mrs Burton au bar.

Un peu plus tard, en redescendant, elle se demanda si elle prendrait un xérès demi-sec ou un Dubonnet. Elle se sentait pleine de fougue et prête à la bravade. Elle portait l'une de ses robes grenat décorée de broderies ornées d'une volée de perles sur la poitrine. Elle n'avait pas pris son sac à ouvrage. Les joues légèrement embrasées, elle traversa le salon et s'installa dans la partie réservée au bar. Elle saisit un très vieil exemplaire de *The Field*, dont elle se mit à tourner les pages d'un geste désinvolte, en gardant la tête baissée. Mrs Burton arriva peu après et sonna avec une belle autorité. Non loin de là, Mr Osmond les dévisageait. Un verre de vin attendait sur la table, mais il n'y touchait pas. Il restait patiemment assis, immobile, les mains sur les genoux, comme s'il espérait que le verre se boirait tout seul.

Mrs Burton avait retiré sa résille et comblé les sillons de son visage avec de la poudre. Un visage vraiment délabré – affichant des poches, des replis et de profonds ravins, comme après un affaissement de terrain .

« Elle paie vraiment son tribut à l'alcool », chuchota Mrs Arbuthnot à Mrs Post à l'autre bout du salon ; mais Mrs Post se borna à hocher dignement la tête, tout en étant d'accord, et continua de compter ses mailles en remuant silencieusement les lèvres. Lorsqu'elle eut terminé, elle lança à Mrs Burton un long regard transparent, et hocha de nouveau la tête. « C'est très triste », murmura-t-elle, apparemment animée d'une extrême compassion.

Le garçon arriva enfin et Mrs Palfrey, s'étant décidée pour le xérès, s'adossa à son fauteuil afin d'affronter l'intérêt hostile venu de l'autre bout de la pièce.

« Mon beau-frère vient dîner, déclara Mrs Burton. D'où le coiffeur. (Elle tapota légèrement sa chevelure mais rien ne s'effondra.) Il s'occupe de moi, ce brave Harry. Vous avez de la famille à Londres ? »

Ce n'était pas le genre de femme, songea Mrs Palfrey, qu'elle aurait ordinairement fréquentée… pas tout à fait… mais la vie était désormais différente et, pour conserver sa santé mentale, il lui fallait s'y adapter.

« J'ai un petit-fils qui travaille au British Museum. Personne d'autre. Sa mère vit en Ecosse. Non merci, je ne fume pas.

– Vous auriez été moins loin de lui à l'hôtel Astor. Viendra-t-il vous rendre visite ?

– Bien sûr. Desmond viendra certainement. Il sait où me trouver. Nous avons toujours été… très proches, voyez-vous. Une de ces relations qui sautent parfois une génération.

– J'adore voir de jeunes visages. »

Mr Osmond avait mis le grappin sur le serveur, qui s'était arrêté – mais non sans impatience – près de son fauteuil.

« Quelque chose qui devrait vous intéresser..., marmonnait Mr Osmond. Je me suis souvenu brusquement... il faudra en parler à Antonio... pendant mes voyages... c'était en Italie... votre pays... les fresques... »

Sa vieille tête rose était empreinte d'une animation factice, semée d'embûches, car maintenir son auditeur captif était une tâche ardue. Mrs Burton, qui regardait calmement la scène, releva ses cheveux sur ses oreilles : elle n'entendait que des bribes de son discours rapide, étouffé. Brusquement, Mr Osmond posa les yeux sur elle et dit : « Mais là, je dois baisser la voix. » Il se leva à demi pour se rapprocher du serveur incliné vers lui et s'écria d'une voix forte, comme s'il s'adressait à un sourd : « ...un énorme organe sexuel. Véritablement énorme. » Ensuite, il baissa de nouveau le ton et déclara de façon plus discrète : « Les fresques. Fresques italiennes. Vous voyez ce que je veux dire, j'imagine. »

Mrs Burton avait laissé échapper un rire étranglé, qu'elle transforma en toux. Mrs Palfrey détourna posément le regard et but une gorgée de xérès. C'est donc un pauvre homme de ce genre, songea-t-elle.

« Enorme ! » s'écria de nouveau Mr Osmond, et le garçon s'éloigna précipitamment. Resté seul, Mr Osmond reprit sa posture figée et sourit. Il avait eu sa conversation.

« Vieux cochon », murmura Mrs Burton derrière son mouchoir.

Silence à l'autre bout du salon. Mrs Post arrêtait ses mailles et Mrs Arbuthnot s'était retirée dans son univers de douleur. Quelques instants plus tard, Mrs Burton se leva et pressa de nouveau la sonnette.

A sept heures et demie, Mr Osmond fut le premier à se diriger d'une démarche nonchalante vers la salle à manger, suivi peu après par Mrs Arbuthnot qui, semblable à un spectre, se déplaçait lentement, un pas douloureux après l'autre, ses deux cannes devant elle. Elle avait l'air d'un insecte blessé. En arrivant devant Mrs Palfrey, elle fit une halte – sans un regard pour Mrs Burton. « Où est donc passé votre fameux petit-fils ? demanda-t-elle. S'il ne vient pas bientôt, nous finirons par croire qu'il n'existe pas.

– Oh, mais il viendra », répondit Mrs Palfrey avec un sourire. Elle croyait réellement à sa prochaine venue.

Après le dîner, elle alla chercher son tricot et rejoignit les autres près des fenêtres, ayant fait ce qu'il convenait pour affirmer sa personnalité. Mrs Burton retourna au bar avec son beau-frère, qui se levait maintenant à sa place pour sonner et semblait avoir de longues années de pratique.

## Chapitre 3

Desmond ne vint pas. Le pull que Mrs Palfrey lui tricotait était presque achevé et chacun savait qu'il n'était pas venu le chercher. Sauver la face avait été un élément important de la vie en Extrême-Orient, et Mrs Palfrey, à présent, s'y efforçait de nouveau. Une telle attitude entraîne généralement des ennuis, et les ennuis apparurent, car elle se trouva obligée de mentir et de se souvenir des mensonges qu'elle avait proférés. Elle dut inventer des maladies à Desmond et des voyages à l'étranger liés à son travail – dont elle savait pourtant qu'il ne nécessitait aucun voyage à l'étranger. Elle trouvait cela très astreignant, et à cette complication s'ajoutait la douleur secrète de constater qu'elle n'avait finalement personne à Londres, que le jeune homme studieux et plutôt guindé dont elle avait toujours été fière ne se souciait absolument pas d'elle. Il n'avait même pas répondu à ses lettres, à ses invitations à dîner au Claremont. Les jeunes hommes, pensait-elle, sont toujours affamés et très souvent fauchés ; il était maintenant évident que son petit-fils n'était ni assez affamé ni assez fauché pour avoir besoin d'elle dans ces domaines. Elle en ressentit une humiliation doublée d'une vive indignation. Il s'agissait là d'une question d'éducation. On doit toujours répondre aux lettres. Elle ne put s'empêcher de mentionner cet écart de conduite lorsqu'elle écrivit à sa fille – « je m'étonne simplement », une formule qui la résumait toute. Il lui arrivait souvent de « s'étonner simplement », de « mentionner en passant » ou « de se permettre de suggérer ». Sa fille traita à la légère son « étonnement », avec son habituel langage roboratif, sans la moindre surprise ou excuse. « Ils sont tous pareils. Je commence à les abominer, ces béjaunes. » Elle affectionnait l'usage de ces tournures écossaises qui faisaient tiquer son Ecossais de mari. Il les trouvait « pas sortables », selon une autre expression qu'elle utilisait à tout bout de champ.

Mrs Palfrey ne parvint pas à percevoir si Elizabeth désapprouvait ou non son fils. Il ne vint pas, n'écrivit pas, et elle souhaita de tout son cœur n'avoir jamais mentionné son nom au Claremont. Elle avait l'impression d'inspirer la pitié. Tous les autres pensionnaires recevaient des visites – même de lointains parents faisaient leur devoir de temps à autre ; ils restaient un moment, vantaient exagérément le confort de l'hôtel et s'en allaient soulagés. Mrs Palfrey trouvait inconcevable que son unique petit-fils – son héritier, qui plus est – fasse preuve d'autant de négligence.

Mrs Arbuthnot, lors d'une journée d'arthrite particulièrement redoutable, lui exprima une sympathie méprisante et, cette nuit-là, Mrs Palfrey fut incapable de dormir. Elle s'agita jusqu'à l'aube, épouvantée par sa solitude.

Il ne faut *pas* que je m'affole, se répétait-elle. L'affolement est mauvais pour le cœur. Elle alluma la lampe et prit une pilule, en se demandant si le jour se lèverait jamais. Elle tenta de lire, mais son cœur faisait des embardées si brusques qu'elle l'entendait cahoter dans sa tête. Dans ces moments-là, elle pensait que tout vaudrait mieux que d'être seule – une maison de retraite, où quelqu'un d'autre serait réveillé la nuit, ou même aller vivre chez sa fille, en supposant qu'une telle éventualité ait été évoquée. Au matin – elle se le promettait – elle retrouverait du courage, et la certitude de ne pas se laisser aller. Elle resterait au Claremont aussi longtemps qu'elle le pourrait et, finalement, serait conduite à l'hôpital en espérant mourir le plus vite possible, sans ennuyer personne d'autre que ceux qui étaient payés pour s'occuper d'elle.

« Les jeunes sont vraiment sans cœur », avait osé dire Mrs Arbuthnot.

« Il viendrait s'il le pouvait », avait répliqué Mrs Palfrey en pinçant ses lèvres, qu'elle sentait trembler.

« Nous autres vieilles bonnes femmes, nous avons vécu trop longtemps », déclara Mrs Arbuthnot avec un sourire.

Au simple ton de sa voix lorsqu'elle parlait de son mari, avait remarqué Mrs Palfrey, on sentait qu'elle lui reprochait d'être mort, de l'avoir laissée en plan. Il lui aurait été tellement utile dans les circonstances présentes, l'aidant à se déplacer, la dirigeant et la soutenant : elle aurait même pu continuer d'habiter dans son propre foyer. Mais elle n'était pas seule comme Mrs Palfrey. Elle avait des sœurs qui passaient de temps en temps, qui venaient parfois la chercher en voiture et l'emmenaient en promenade, ou voir sa vieille amie Miss Benson à l'hôpital. Miss Benson avait habité au Claremont avant sa maladie.

« Elle n'avait personne, dit Mrs Arbuthnot qui entendait par là personne d'autre que Mrs Arbuthnot. Complètement seule au monde. Absolument plus personne. (Elle posa son regard sur Mrs Palfrey.) Jamais une seule visite. Tout au long des années que nous avons passées ici. Elle avait pourtant connu son heure de célébrité.

– J'ai longtemps vécu à l'étranger, dit Mrs Palfrey. On perd le contact.

– Probablement. Nous avons besoin d'entretenir nos amitiés. Je crois que c'est de Samuel Johnson. Mais vous, bien entendu, vous avez votre petit-fils.

– Oui, j'ai Desmond. » Je ne suis pas vraiment dans la situation de cette pauvre Miss Benson, tenta-t-elle de se convaincre. Et à Mrs Arbuthnot, elle expliqua : « Ma fille vit si loin, en Ecosse.

– Et vous n'aimeriez pas habiter dans le nord ? » demanda Mrs Arbuthnot, pour la sonder.

Mrs Palfrey n'y avait pas été invitée, et elle ne s'entendait pas très bien avec sa fille, qui était bruyante et agitée et passait le plus clair de son temps à jouer au golf ou bien à en parler. « Je doute de pouvoir supporter le climat », répondit-elle. A Londres, la pluie tombait à verse, mais en Ecosse, elle tombait de façon régulière, comme de la neige. On en avait montré une image à la télévision ce soir-là.

« Oui, je comprends », murmura Mrs Arbuthnot en posant de nouveau les yeux sur Mrs Palfrey. Des yeux d'un bleu si pâle que Mrs Palfrey se sentit mal à l'aise. Elle pensa que les yeux bleus deviennent plus pâles et plus fous avec les années. Ce qui n'est pas le cas des yeux marron, décida-t-elle non sans un peu de fierté.

Au bord du désespoir (car elle n'avait pas encore découvert que les autres locataires parlaient des visiteurs bien davantage qu'il n'était légitime), Mrs Palfrey écrivit à l'une de ses anciennes amies d'école, qui vivait à Hampstead. Elle connaissait son adresse, étant donné qu'elles avaient échangé leurs vœux de

Nouvel An pendant soixante ans, même si cela ne correspondait pas exactement à ce que Mrs Arbuthnot, ou Samuel Johnson, aurait appelé entretenir une amitié.

Mrs Palfrey invita Lilian Kibble à déjeuner au Claremont et Lilian Kibble, estimant que le trajet en taxi entre Hampstead et Cromwell Road était trop coûteux, répondit qu'elle en serait ravie et lui enverrait un petit mot très bientôt pour lui proposer une date – ce qu'elle aurait parfaitement pu faire dans cette même lettre, estima Mrs Palfrey. Naturellement, elle n'entendit plus parler de Mrs Kibble, mais durant une semaine ou deux elle s'autorisa à espérer. Leur amitié avait toujours été inégale. Mrs Palfrey avait été la camarade loyale, bonne et tranquille vers laquelle Lilian ne manquait jamais de se tourner après les escarmouches qu'elle engageait – raids sur d'autres « meilleures amies », querelles subséquentes, passions pour les maîtresses d'école, jalousies et trahisons. Elle était sortie de la vie de Mrs Palfrey après l'école, hormis les cartes de Nouvel An ; mais elle avait eu trois époux, Mrs Palfrey le savait, dont un vivait toujours.

Une vieille connaissance de l'époque du service diplomatique habitait à Richmond. C'était assez loin de Cromwell Road, cependant Mrs Palfrey décida de se débrouiller pour la retrouver. Elle lui écrivit aussi et l'invita également à déjeuner – mais la malheureuse était encore plus mal en point que Mrs Palfrey : elle était immobilisée par une fracture de l'os iliaque. Elle ne proposa pas à Mrs Palfrey, toutefois, de venir la voir à Richmond. Mrs Palfrey estimait qu'elle aurait dû, car elle y serait allée.

Après cela, elle ne trouva personne d'autre à inviter. Forte de sa petite expérience du Claremont, elle n'avait pas commis l'erreur d'annoncer à Mrs Arbuthnot que son amie Lilian viendrait déjeuner un jour prochain. Elle commençait à se sentir de plus en plus semblable à la pauvre Miss Benson.

Le temps s'écoula. Un fait qu'on pouvait prouver, vérifier, même s'il se passait si peu de choses.

Au Claremont, chacun vivait séparément. On prenait place à des tables séparées et on partait en promenade séparément. La sortie de l'après-midi destinée à échanger les livres à la bibliothèque se faisait toujours solitairement. Mrs Arbuthnot ne pouvait s'aventurer si loin, et Mrs Post, qui s'en chargeait pour elle, lui rapportait presque immanquablement l'ouvrage qui ne convenait pas : elle confondait Elizabeth Bowen et Marjorie Bowen, et ne parvenait jamais à se souvenir qu'il existait deux Manning, deux Durrell et une paire de Fleming. « Si gentil de vous être donné tant de mal », remerciait Mrs Arbuthnot en posant le livre près d'elle.

Mrs Palfrey se sentit exulter quand Mrs Arbuthnot lui demanda un après-midi – son esclave habituelle étant enrhumée – de lui prendre un livre à la bibliothèque. C'était comme si, de nouveau à l'école, l'élève chef de classe la chargeait d'une course. Elle partait pour l'une de ses promenades qui ne visaient qu'à occuper l'après-midi, et elle fut ravie d'avoir un objectif précis.

« Un ouvrage de lord Snow, peut-être, suggéra Mrs Arbuthnot. Je ne supporte pas les romans de quatre sous.

– Mais si jamais vous l'avez déjà lu..., murmura timidement Mrs Palfrey.

– On peut toujours relire un bon livre, trancha Mrs Arbuthnot. En fait, on devrait *toujours* relire un bon livre. »

Mrs Palfrey encaissa le reproche sans broncher. Mrs Arbuthnot, après tout, lui accordait une faveur. Elle se mit en route, bien résolue à rapporter un trésor tellement fabuleux – le tout dernier C. P. Snow, peut-être – que Mrs Post perdrait sa place à jamais. Elle savait qu'en raisonnant de la sorte elle se comportait comme Lilian, son amie d'autrefois, mais elle n'y renonça pas. (Lilian, elle, aurait été arrogante.) Le Claremont évoquait un univers scolaire, sous une forme réduite et desséchée. Certes, la nourriture était meilleure mais, si tel n'avait pas été le cas, elle aurait été immangeable pour des adultes.

Le crépuscule s'installait lorsque Mrs Palfrey, serrant triomphalement contre elle le dernier C. P. Snow, revint de la bibliothèque, empruntant des rues tranquilles et désormais familières. Du crachin brouillait les lumières et rendait les trottoirs glissants. Elle marchait lentement, fatiguée, et longeait les grilles des courettes en contrebas. Les fenêtres des sous-sols du quartier étaient éclairées et certains rideaux n'étaient pas encore tirés, de sorte qu'elle voyait – non sans être un peu gênée de regarder – l'intérieur des pièces, parfois de sinistres cuisines, parfois d'accueillants petits salons avec une nappe sur la table et un oiseau dans une cage.

Les veines de ses jambes la faisaient horriblement souffrir : mettre un pied devant l'autre était une douleur constante ; mais elle avait passé un bon après-midi et elle allait bientôt pouvoir s'asseoir. Une longue soirée consacrée simplement à rester dans son fauteuil et à se reposer. Elle n'aurait pas pu y employer sa journée entière. La promenade lui avait pris la totalité de ses forces, tout en lui faisant prendre l'air.

Brusquement – elle ne parvint pas à se souvenir plus tard de quelle façon, elle s'était peut-être tordu la cheville ou alors elle avait glissé sur le trottoir graisseux – elle trébucha, tenta de se relever et s'effondra avec les craquements écœurants qui accompagnent la chute d'une personne âgée de forte corpulence.

Au début, elle n'éprouva que de la honte. Elle lutta pour se remettre sur pied, retrouver sa dignité, même si, la rue étant déserte à cette heure, aucun passant ne la voyait gisant sur le sol. Elle se sentit secouée – le souffle court – et eut peur. Chaque battement de son cœur menaçait d'être le dernier. Elle se traîna jusqu'à la grille bordant la courette et s'y appuya, s'efforçant de retrouver son calme. Je ne réussirai jamais à rentrer, songea-t-elle, et les larmes menacèrent, à sa surprise horrifiée.

Elle eut à peine conscience qu'une porte s'ouvrait dans la courette en contrebas protégée par la grille. Un flot de lumière jaillit sur les pavés mouillés, illuminant des fougères et une poubelle, et un jeune homme monta les marches en courant. Il la prit dans ses bras et la garda contre lui, sans un mot, comme l'aurait fait un amant, et un consentement merveilleux se mêla à sa douleur, tandis qu'elle s'en remettait à lui avec une gratitude sincère.

Elle sentit du sang couler lentement sur sa jambe, mais n'osa pas regarder.

Quelques instants plus tard, le jeune homme l'adossa aux grilles et entreprit de ramasser son sac à main, le livre de la bibliothèque et sa canne à embout caoutchouté ; ensuite, il passa son bras autour de ses épaules – elle était plus grande que lui – et l'aida à descendre prudemment l'escalier. Elle le suivit sans protester parce qu'il n'y avait rien d'autre à faire et qu'elle était contente de n'être plus exposée aux regards, adossée aux grilles, dans un tel désordre, une telle confusion. S'il lui donnait un verre d'eau, elle prendrait une de ses pilules dans son sac, se ressaisirait et établirait un plan d'action.

« Je suis navrée ! » souffla-t-elle, une fois assise dans la pièce. Ses lèvres, son visage tout entier lui semblaient engourdis, exsangues.

« Pour l'instant, j'éviterais de parler, à votre place », dit-il. Il s'éloigna puis revint avec une tasse remplie d'eau, et elle eut l'impression que les mots étaient superflus. Elle lui désigna son sac et il l'apporta, l'ouvrit et le lui tendit, s'agenouillant devant elle. Ensuite, voyant son bas déchiré et le sang sur sa jambe, il quitta de nouveau la pièce et revint avec un bol d'eau chaude et une serviette sale. Elle fut assez choquée à la vue de la serviette, mais ce choc se produisait trop tôt après celui qu'elle venait de subir pour avoir grande importance, et elle se laissa faire. Elle était totalement entre ses mains et heureuse de s'abandonner. Elle ne ressentit aucune gêne lorsqu'il fit rouler l'élastique de la jambe de sa culotte sur sa jarretière et détacha son bas. Avec une extrême délicatesse, il lui tamponna le genou à petits coups de serviette. Elle ne ressentit aucune douleur. Sa jambe ne semblait plus lui appartenir. Il prit un mouchoir dans un tiroir et le lui noua autour du genou, releva et fixa le bas déchiré puis s'assit sur ses talons, la regarda et sourit.

« Je peux vous préparer une tasse de thé, dit-il.

– Je ne voudrais pas vous déranger davantage. »

Il parut méditer sur le sens de cette phrase, puis déclara : « Ça ne me dérangerait pas *beaucoup*.

– Vous avez été tellement gentil.

– C'est cela, je vais faire du thé, déclara-t-il, sa décision prise. Je m'appelle Ludo, à propos. Ludovic

Myers. Ce n'est pas rien, n'est-ce pas ?

– Et moi Palfrey – Laura Palfrey, répondit-elle en se sentant beaucoup mieux.

– Dans ce cas nous avons tous deux des noms ridicules », dit-il en se levant pour aller remplir la bouilloire.

Elle n'avait jamais, de toute sa vie, trouvé que Laura Palfrey était un nom ridicule, mais elle ne se mit pas du tout en colère. Cela la fit même sourire.

« Vous habitez loin ? demanda-t-il.

– L'hôtel Claremont, dans Cromwell Road. Vous connaissez ?

– Non. (Il paraissait amusé à l'idée de connaître l'hôtel Claremont.) Je peux vous appeler un taxi, si vous voulez, ajouta-t-il. Ça ne devrait pas être très cher, d'ici.

– Je vous en serais tellement reconnaissante », dit-elle, épuisée.

Elle put enfin regarder ce qui l'entourait : une table en bois blanc couverte de livres, un chauffage à gaz réglé au minimum, un costume sombre suspendu au dos de la porte. Les rideaux ne se rejoignaient pas totalement sur la fenêtre et étaient maintenus bord à bord avec deux grosses épingles à nourrice.

« Un coup de chance que je sois là, murmura le jeune homme – Ludo. Je venais juste de rentrer de mon travail. J'étais en train de tirer les rideaux.

– Où travaillez-vous ? » demanda-t-elle, en faisant un effort pour maintenir la conversation.

« Chez Harrods. »

La bouilloire se mit à siffler sur le réchaud à gaz, et il prépara une chope en métal pour lui. La chope était décorée d'un drapeau du Royaume-Uni. Les jeunes, s'était souvent étonnée Mrs Palfrey, témoignaient d'une véritable passion pour l'*Union Jack*. Toutes les filles aux longs cheveux et aux longues robes semblaient posséder un sac décoré de cet emblème. Elle s'était demandé si elles étaient sincères – et si, même dans ce cas, c'était bien convenable.

« Dans quel rayon d'Harrods ? demanda-t-elle.

– Non, non, je ne travaille pas pour Harrods : je vais travailler chez Harrods. Dans la salle de banque. J'y emporte mon manuscrit et des sandwiches. C'est agréable, bien chauffé, les fauteuils sont très confortables. Et cela m'évite d'allumer ce chauffage à gaz qui coûte si cher. Du lait ? » Il tenait une bouteille à la main et elle acquiesça d'un signe de tête. La bouteille était à demi vide et un dépôt de lait caillé marbrait le goulot.

« Vous êtes écrivain ? demanda-t-elle.

– C'est du moins ce que je m'efforce de devenir pour l'instant, bien que j'aie occupé divers autres emplois. » Galamment (mais plutôt à contrecœur, sembla-t-il à Mrs Palfrey), il remonta le chauffage, et contempla les flammes sans bouger, entourant de ses mains la chope de thé. Quels cils magnifiques ! songea Mrs Palfrey : ils projetaient une ombre profonde sur ses pommettes, et lorsqu'il se retourna et lui sourit, elle lui trouva un visage espiègle ; il plissait les yeux en la regardant, comme s'il s'apprêtait à lui raconter une bonne plaisanterie. Le mot « allégresse » vint à l'esprit de Mrs Palfrey. Il y avait de l'allégresse en lui, et cela la fascinait tout en la mettant mal à l'aise.

« Je vous empêche d'écrire », déclara-t-elle en posant sa tasse. Son genou commençait à la faire souffrir, et elle s'inquiétait au sujet de la serviette sale.

« J'ai travaillé toute la journée, je vous l'ai déjà dit, Mrs Palfrey, répliqua-t-il. A présent, je vais faire un peu de lecture et m'ouvrir une boîte de quelque chose. »

Un garçon manifestement fauché et affamé, ainsi qu'elle avait espéré que le serait son petit-fils.

« Vous avez été tellement aimable, dit-elle. Je crois que je vais pouvoir partir maintenant. » Elle souleva sa jambe raide.

« Dans ce cas, je file au coin de la rue vous siffler un taxi. »

Il vida sa chope et sortit. Elle l'entendit monter les escaliers et marcher sur le trottoir. En écoutant ses pas s'éloigner, elle se laissa aller contre le dossier de sa chaise et pensa à ce qui venait de se passer, puis imagina ce qu'il ferait après son départ, baissant de nouveau le chauffage et ouvrant une boîte de quelque chose.

Elle entendit bientôt le taxi s'arrêter et Ludo redescendre les marches en courant. Elle avait préparé un petit discours : « Je serais enchantée que vous acceptiez de venir dîner avec moi au Claremont, un soir prochain. J'aimerais beaucoup vous remercier de votre gentillesse. »

Il parut très surpris – véritablement consterné ; mais la lueur d'allégresse revint bientôt dans son regard.

« Ce serait formidable, dit-il.

– Samedi vous irait ? Le menu est généralement plus soigné, le samedi.

– Samedi serait parfait. »

Il l'aida à gagner la rue et à s'installer dans le taxi. Lorsque la voiture disparut, il retourna dans la pièce et, penché sur sa table, nota dans un calepin : « longue culotte grise et pelucheuse... élastique... veines de la jambe couleur de raisin... parfum d'eau de lavande (berk!)... taches brunes sur le dos de mains vernissées, veines apparentes… plis horizontaux. »

Ensuite, il baissa le chauffage et décida d'ouvrir une boîte de spaghettis.

Mrs Palfrey réussit à prendre l'ascenseur sans rencontrer personne. Elle gagna sa chambre, et se sentit malade et tremblante lorsque, retirant le mouchoir, elle examina son genou pour la première fois. Il lui fallut longtemps avant de se remettre. Sa jambe l'élançait, de plus en plus ankylosée.

Quand elle finit par descendre au salon, Mrs Burton avait déjà entrepris de sonner et Mrs Arbuthnot attendait impatiemment son livre.

« Je commençais à croire que vous vous étiez perdue, dit-elle.

– J'ai fait une chute sur le chemin du retour et j'ai dû soigner ma jambe.

– On dirait que mon livre a fait une chute, lui aussi.

– Pardonnez-moi. Je l'ai laissé tomber. Mais je l'ai essuyé de mon mieux.

– Quoi qu'il en soit, c'était très gentil de votre part. Vous vous sentez bien, à présent ? » Mrs Arbuthnot avait posé la question d'un ton léger, tout en se mettant à feuilleter le roman.

« Encore un peu raide. D'ailleurs, je crois que je vais prendre un verre de xérès avant le dîner. »

Elle se dirigea en boitant vers le bar et Mrs Arbuthnot la regarda s'éloigner comme si elle se dirigeait vers un enfer qu'elle se serait choisi.

Ses spaghettis avalés, Ludo décrocha le costume pendu derrière la porte et l'emporta à la laverie automatique. Il s'assit et prit quelques notes sous la lumière aigre, décrivant un jeune homme solitaire assis dans une laverie automatique, un soir. De temps à autre, l'air lugubre, il regardait fixement son costume tournoyer inlassablement dans la machine de nettoyage à sec, qui semblait s'efforcer de le digérer et l'aurait volontiers dégurgité si elle l'avait pu.

# Chapitre 4

Le samedi soir, Mrs Palfrey revêtit sa plus jolie robe ornée de broderies perlées et aspergea son mouchoir d'eau de lavande. Avant de descendre, elle sortit d'un tiroir une enveloppe cachetée et la glissa dans son sac. En dépit de ses gestes lents et mesurés, elle se sentait anxieuse et agitée.

Elle avait informé le serveur, le jeudi soir – en sachant que Mrs Arbuthnot l'entendait – qu'elle attendait un invité pour le dîner du surlendemain.

« Votre petit-fils vient donc enfin vous rendre visite », avait commenté Mrs Arbuthnot en passant lentement devant sa table et, pour une raison qu'elle tenta d'élucider plus tard, Mrs Palfrey la laissa partir sans ajouter un mot.

C'était la première fois depuis son veuvage qu'elle se trouvait entraînée dans un mensonge. En fait, depuis son enfance, elle n'avait jamais menti sinon pour rendre service à son mari : lui éviter des cocktails qu'il exécrait, ou écarter des indigènes importuns lorsqu'il était fatigué. A présent, elle essayait de se sortir de ce qu'elle considérait comme un énorme mensonge – par omission – et se demandait si elle, ou Ludo, serait à la hauteur.

Il avait paru décidé à jouer le jeu ; n'avait pas fait preuve d'autant de scrupules qu'elle ; avait semblé estimer que tout cela ressemblait à une bonne blague.

Elle l'avait retrouvé chez Harrods, dans la vaste salle de banque. Il était à demi couché dans son confortable fauteuil, magnifiquement au chaud – c'était un après-midi âpre et venteux – et il griffonnait tant et plus, oublieux des corps relâchés ou tendus venus se reposer dans l'immense salon. Mrs Palfrey s'approcha timidement, s'arrêta devant lui et toussa. Lorsqu'il leva la tête, ses yeux semblaient encore contempler un autre monde, un univers intérieur dans lequel il était seul.

« Pardonnez-moi de vous interrompre », murmura Mrs Palfrey, plus déconcertée que jamais par son regard hébété.

Il se leva, une liasse de feuilles à la main. Il souriait.

Il y avait un fauteuil libre près de lui ; elle s'y assit et entreprit de lui expliquer son plan d'une voix basse et hésitante. Il comprit rapidement ce qu'elle suggérait et prit sans hésiter son parti contre Mrs Arbuthnot et sa redoutable condescendance. « Je l'ai laissée partir sans dire un mot, conclut Mrs Palfrey, et maintenant il est trop tard. » Elle considéra les clients qui se reposaient et se sentit très gênée d'avoir dû révéler tout cela ; mais ce n'était rien comparé à l'humiliation que Mrs Arbuthnot lui aurait fait subir. Etre simplement près de Ludo lui permettait d'éprouver un certain bien-être.

Il l'avait écoutée avec une étrange expression, comme s'il ne parvenait pas à en croire ses oreilles : ses sourcils s'étaient levés et avaient conservé cette position. Il était presque beau, songea-t-elle, et cette idée la dérangea tant qu'elle détourna son regard et le posa sur le soulier que Ludo balançait d'avant en arrière, la semelle usée battant l'air.

« Nous resterons tous les deux seuls, assura-t-elle.

C'est seulement au cas où je devrais vous présenter – en passant, vous comprenez. Elles sont toutes tellement curieuses. Est-ce trop vous demander ? Vaut-il mieux rentrer et fournir une explication à Mrs Arbuthnot ?

– Non, non ! Je vais beaucoup m'amuser.

– A sept heures un quart, alors. Je vous attendrai dans le salon. Nous prendrons un xérès avant le dîner. » Elle rougit légèrement à l'idée de sa propre sophistication, du fait qu'elle allait recevoir ce jeune homme, et de leur culpabilité commune. Elle se leva et lui tendit la main. Une nouvelle fois, il réunit ses feuilles de papier et se mit debout. « Je vous appellerai Desmond, dit-elle.

– Dieu du ciel ! » se contenta-t-il de répondre.

En traversant le salon en direction du bar, Mrs Palfrey sentit qu'on la regardait. Seule Mrs Burton, de nouveau avec son beau-frère, buvait sans s'occuper de quiconque.

C'étaient maintenant les souliers qui inquiétaient Mrs Palfrey. Elle avait vu le costume sombre et convenable suspendu à la porte du sous-sol de Ludo, et se sentait rassurée sur ce point. Mais les vieilles chaussures qu'il portait chez Harrods, dont l'une avait la semelle décollée… sans doute n'en possédait-il pas d'autres.

Ses craintes étaient fondées. Il n'en possédait pas d'autres. Il entra dans le salon et faillit s'étaler de tout son long – la semelle s'était prise dans l'épais tapis.

Il fit preuve d'un sang-froid remarquable. Pour détourner l'attention de ses pieds, il s'avança bras tendus vers Mrs Palfrey. Elle s'affola, redoutant qu'il ne charge trop son rôle de petit-fils ; mais, dosant exactement affectueuse familiarité et respect, il s'approcha et lui posa un léger baiser sur la joue. A cet instant précis, il nota mentalement l'étrange douceur de pétale de sa peau fatiguée, et classa l'impression pour s'en servir plus tard. De même que l'odeur de la vieille dame, encore trop complexe pour une description précise.

Mrs Palfrey, peu désireuse de le voir s'aventurer de nouveau sur le redoutable tapis, se leva et alla sonner. En revenant vers son fauteuil, elle l'invita à s'asseoir.

« Que veux-tu boire, Desmond ?

– Ce qui s'adaptera aux circonstances », répondit-il à voix basse ; puis, se penchant vers elle, il demanda : « Qui est ce drôle de vieux bonhomme, là-bas, qui me dévisage sans vergogne ?

– Je vous expliquerai plus tard », chuchota Mrs Palfrey en évitant le regard de Mr Osmond.

Tout marchait très bien. Il y aurait tant de choses à dire pendant le dîner. Elle avait eu des craintes sur ce point : Ludo risquait d'être lugubre, juvénile et plein de regrets ; mais elle était maintenant sous l'influence de son charme – un nouvel ingrédient dans sa vie. Les chaussures non ressemelées étaient une excentricité. Elle rayonnait.

« Vous nous apporterez deux xérès, Antonio, dit-elle au garçon. Demi-sec. Tu n'as rien contre, Desmond ? »

Ludo hocha la tête.

Mrs Palfrey s'était répété ces mots, en déambulant dans sa chambre, un peu plus tôt, pendant qu'elle se préparait : « demi-sec », avait-elle déclaré d'un ton mondain, en se contemplant dans la glace et en disposant la plus grosse perle exactement au centre de son collier.

« Et puis-je avoir le menu et la carte des vins ? » ajouta-t-elle, ayant également répété cette phrase.

Au lieu de paraître surpris, le garçon tordit de côté ses lèvres minces. Dans cet hôtel, les clients consultaient le menu affiché près de l'ascenseur, ou attendaient tranquillement d'être servis dans le restaurant. Dîner *à la carte* * était une plaisanterie.

Ludo s'adossa confortablement à son fauteuil mais, le regard aux aguets, il enregistrait tout, et remarquait que Mrs Arbuthnot l'avait remarqué, ainsi que Mrs Post, avec ses couleurs tristes de *pot-pourri* * floral, qui tripotait nerveusement son tricot.

« Mrs Arbuthnot est là-bas, chuchota Mrs Palfrey à Ludo. Avec les cannes.

– C'est bien ce que je pensais. Aucune raison d'avoir peur d'elle, vous savez. Mais vous avez l'air d'être la petite nouvelle.

– Bien sûr. Mrs Arbuthnot vit au Claremont depuis des années.

– Elle y rendra l'âme.

– Nous ne sommes pas autorisés à mourir ici. »

Il rejeta la tête en arrière et éclata de rire.

« Mais… n'est-ce pas plutôt triste ? » demanda-t-elle, perplexe.

« Je ne vois rien de triste à votre sujet, en tout cas », dit-il. Et il pensait : impossible de le noter ; mon Dieu, faites que je m'en souvienne. *Nous ne sommes pas autorisés à mourir ici.* Par Ludovic Myers.

Mrs Post passa rapidement à leur hauteur, inclinant légèrement la tête en guise de salut. On apporta le xérès, et Mrs Palfrey tendit le menu à Ludo. « Nous pouvons commander à la carte, si vous voulez », dit-elle imprudemment.

---

* Les mots ou expressions en italique suivis d'un astérisque sont en français dans le texte original. (N. d. T.)

Tandis qu'il sirotait son verre et étudiait le menu en silence, elle entreprit de le persuader de prendre du saumon fumé. Mal à l'aise, elle avait conscience de la lente approche de Mrs Arbuthnot, en route vers la salle à manger. Parvenue près d'eux, celle-ci s'arrêta. « Vous avez donc enfin votre petit-fils », dit-elle à Mrs Palfrey tout en regardant Ludo, qui se leva rapidement, écrasant la semelle battante de son soulier.

Même si elle ne lui accordait pas un regard, Mrs Arbuthnot perçut la nervosité de Mrs Palfrey lorsqu'elle lui présenta son petit-fils. Elle se demanda pourquoi, tout en adressant une phrase ou deux à Ludo. Ce jeune homme lui paraissait très convenable, en dépit de l'état de ses souliers. Instruit, de toute évidence.

« Le British Museum est-il ouvert le dimanche ? lui demanda-t-elle.

– Mais bien sûr, c'est l'un de nos jours les plus chargés », répondit posément Ludo, et Mrs Palfrey se sentit envahie d'une vague d'admiration et de soulagement.

« J'aimerais beaucoup en savoir davantage », affirma Mrs Arbuthnot, percevant de nouveau la tension de Mrs Palfrey – une soudaine modification dans sa façon de respirer, et un bref mouvement de tête, vers le bas. « Mais pour l'heure, ajouta-t-elle, je m'en vais dîner. »

Et elle s'éloigna vers la porte, pas à pas.

« Seigneur ! s'écria Ludo. Je commence à comprendre ce que vous vouliez dire. Quels petits yeux méchants !

– Elle souffre beaucoup, la plupart du temps, dit Mrs Palfrey.

– Nous allons devoir être prudents, répondit Ludo. En fait, je crois que je vais prendre du potage et ensuite du veau », ajouta-t-il en choisissant gentiment dans le menu *table d'hôte* *.

« Ce sera probablement plus rapide », estima Mrs Palfrey.

Elle lui prit le bras lorsqu'ils se dirigèrent vers la salle à manger ; mais c'était afin de le retenir s'il trébuchait de nouveau, pas du tout pour s'appuyer sur lui.

« Grand-maman, s'exclama-t-il en jetant un regard alentour tout en dépliant sa serviette, j'ai vraiment une faim de loup. »

Desmond l'appelait « Mamie », et elle n'avait jamais apprécié : cela évoquait une vieille bique édentée et marmonnante. « Grand-maman » la fit se redresser sur sa chaise.

Elle lui sourit et chuchota en se penchant en avant : « Jusqu'ici, tout va bien. »

Leur complicité les rapprochait. Elle avait compris, après les premiers moments d'hésitation et de gêne chez Harrods, que sa tromperie – leur tromperie – devait être traitée avec légèreté, à la manière d'une bonne blague. C'était du moins ainsi que Ludo avait posé les choses.

Le rire insouciant de Mrs Burton résonnait de temps à autre. Son beau-frère se carrait dans son fauteuil, souriant, ravi d'avoir le pouvoir de la divertir.

« Elle s'amuse comme une petite folle, dit Ludo.

– Oui. Mrs Burton est assez raffinée. Elle boit beaucoup, sort énormément et dépense Dieu sait combien chez le coiffeur. Elle y passe pratiquement sa vie.

– Ce doit être assez coûteux d'habiter ici, remarqua Ludo d'un ton neutre.

– Oui, en effet. Plutôt coûteux. » Elle le regarda et il comprit que le sujet était clos. Toutes ces vieilles dames riches ! songea-t-il.

Il avala son potage, et dévora sa viande avec une sorte de concentration d'affamé, ce qui procura un vif plaisir à Mrs Palfrey. Elle faisait quelque chose pour lui en échange de ce qu'il faisait pour elle et, lorsqu'il leva son verre en son honneur, elle eut l'impression – pour la première fois depuis qu'elle était au Claremont – d'être enviée et respectée, sachant qu'on la regardait depuis les autres tables. Les serveuses déambulaient dans la pièce, telles des somnambules.

« Les portions ne sont guère copieuses, malheureusement, dit-elle lorsqu'il déposa couteau et fourchette dans son assiette vide. J'imagine qu'elles sont prévues pour de fragiles estomacs de vieillards.

– Un repas délicieux, déclara-t-il, ravi. Jamais pris autant de plaisir, sans avoir à me déshabiller. »

Il avait ajouté cela distraitement, tout en continuant de beurrer et d'engloutir des morceaux de pain.

Elle rougit sans qu'il le remarquât, et fit signe au garçon de remplir à nouveau son verre. Elle ne savait pas très bien où elle en était avec Ludo, passant par des hauts et des bas – des doutes, puis des certitudes – semblables à ceux qu'elle avait connus, si longtemps auparavant, quand elle était tombée amoureuse d'Arthur : cette période du tout début, avant d'être absolument sûre d'elle.

Le garçon apporta quelques fromages entamés peu engageants et Ludo s'en servit de larges portions, tandis que Mrs Palfrey se laissait aller contre le dossier de sa chaise ; incapable d'avaler une miette de plus, mais prenant un plaisir extrême, par procuration, à le regarder manger.

« Le camembert est sublime », dit-il. C'était en fait, elle le savait, un reliquat de brie crayeux. Elle sourit et hocha la tête.

De façon méticuleuse, il beurra un petit biscuit salé, y posa en équilibre un morceau de fromage et le tendit vers elle. Il le promena devant la bouche qu'un éclat de rire avait ouverte et, en dépit des mouvements de mains qui protestaient, finit par le glisser habilement entre les dents de Mrs Palfrey.

« Vous allez donner une indigestion à votre grand-mère et lui faire passer une nuit blanche », lança Mrs Arbuthnot qui, les lèvres pincées, passait devant leur table pour quitter la pièce. Mrs Palfrey, en avalant le biscuit, eut l'impression de s'être donnée en spectacle, ou d'avoir été donnée en spectacle.

Ludo fit une grimace dans le dos de Mrs Arbuthnot qui s'éloignait en boitant et, de nouveau, Mrs Palfrey se sentit incertaine – très incertaine.

« Elle a été fort aimable avec moi le soir de mon arrivée ici, dit-elle. J'étais assez déprimée. Elle m'a proposé d'aller dans la salle de télévision. Ce sont des choses qu'on n'oublie pas. »

Elle sentit qu'elle se faisait mal voir en demandant qu'on leur serve le café à table. Lorsqu'il finit par arriver, la salle à manger était vide à l'exception d'un couple d'étrangers lugubres, et de Mrs Burton et de son beau-frère qui sifflaient du cognac, plus hilares que jamais. De sorte que Ludo et Mrs Palfrey pouvaient parler plus librement, sans craindre d'être entendus. Deux ou trois fois, pendant le dîner, ils avaient commis des erreurs : Mrs Palfrey lui avait révélé des détails que, étant son petit-fils, il aurait dû connaître et Ludo, lui, avait parlé de façon irrespectueuse de sa mère, oubliant qu'elle était censée être également la fille de Mrs Palfrey. Elle l'avait fait taire ; mais davantage par souci de bienséance que par opportunisme. Tous deux, chacun à sa façon, étaient trop naïfs pour ce jeu.

« Je ne prends pas de sucre », dit-elle. Il en avait mis plusieurs cuillerées dans sa propre tasse. « Mais j'aimais beaucoup ça », ajouta-t-elle comme pour s'excuser.

« Un bon point à votre actif. » Il continua de remuer son café, puis leva soudain la tête et sourit.

Elle avait l'impression qu'ils parlaient des langages différents – dont chacun n'avait qu'une connaissance partielle. Elle n'avait jamais éprouvé cela avec Desmond ; et elle ne connaissait pas d'autres jeunes gens.

« Je crois que, dès que nous aurons achevé notre café, je prendrai congé, si vous le permettez, dit-elle. Il n'y a pas grand sens à retourner au salon en courant le risque de devoir répondre à de nombreuses questions.

– Il ne faut pas tenter le sort, en effet.

– Et vous devez vous remettre à écrire. Je ne voudrais pas vous prendre trop de temps. »

Elle se sentait fatiguée, tout à coup : triomphante, mais fatiguée. Elle avait hâte d'être seule, de retrouver son petit train-train dans sa chambre, de se préparer à se coucher, et de repenser à la soirée.

« Voici votre mouchoir », dit-elle en sortant l'enveloppe de son sac. Il parut étonné. « La blessure au genou, expliqua-t-elle.

– Ça va ? Votre genou, je veux dire. » Il glissa l'enveloppe dans sa poche et jeta un regard sur la table. Plus rien à manger. « Eh bien, voilà qui va m'alimenter pour toute la semaine qui vient. C'était formidable.

– J'espère que vous reviendrez », murmura-t-elle d'un ton anxieux.

Elle lut une expression de doute sur son visage, et détourna rapidement les yeux.

Après l'avoir accompagné jusqu'à la porte, elle se rendit au salon et s'y installa un moment, attendant que se dissipent les effets du café avant d'aller se coucher. Mrs Burton et son beau-frère étaient retournés au bar. Parfois, quand il la faisait rire, elle lui donnait un petit coup de coude. Mr Osmond, assis en face d'eux, regardait le beau-frère de Mrs Burton, en levant et abaissant la main sur le bras de son fauteuil comme pour accompagner une musique qu'il était seul à entendre. Mrs Arbuthnot, maussade, tournait les dernières pages du dernier C. P. Snow et finit par le refermer d'un geste brusque. « Je ne sais pas si c'est propre à moi, mais j'ai l'impression qu'il baisse », déclara-t-elle. Puis, s'adressant plus directement à Mrs Palfrey : « Votre petit-fils a eu l'air d'apprécier le repas.

– Il a l'air de tout apprécier, répondit joyeusement Mrs Palfrey.

– Et de tenir tellement à vous », intervint Mrs Post d'un ton mélancolique.

« Il a toujours été très affectueux.

– Un très beau garçon.

– Oui, il me rappelle tellement mon mari. A l'époque de notre première rencontre. » Mrs Palfrey fut horrifiée de s'entendre déclarer cela.

« Vraiment ?

– Oui, c'est presque inquiétant.

– Cette façon de vous bourrer de biscuits », lança alors Mrs Arbuthnot, furieuse, incapable de supporter plus longtemps la satisfaction de Mrs Palfrey. Elle se pencha en avant et massa lentement sa jambe enflée.

« C'est qu'il est très taquin, dit Mrs Palfrey.

– J'imagine que nous le verrons souvent, à présent qu'il a fini par faire surface.

– Je l'espère », murmura Mrs Palfrey sur un ton où

seule Mrs Arbuthnot perçut une note de gêne.

Mrs Post tricotait toujours, remuant silencieusement les lèvres. Pour quelque obscure raison, l'une de ses oreilles était bourrée de coton hydrophile. Elle acheva un rang, releva la tête, le regard vitreux, déclara : « Oui, un bien joli garçon », et reprit son ouvrage.

Mrs Palfrey, ce soir-là, monta se coucher la première.

Lorsque Ludo arriva chez lui, il était gelé : il n'avait pas de pardessus. Il décida de s'offrir le luxe d'une demi-heure de chauffage avant d'aller au lit, et s'agenouilla devant l'appareil en se frottant les mains. Une fois réchauffé, il prit un calepin, l'ouvrit et se mit à écrire. C'était intitulé : « A la découverte de Mrs Palfrey ». Il remplit quelques pages sans s'arrêter, se creusa la tête, fronça les sourcils puis finit par noter : « Nous ne sommes pas autorisés à mourir ici. » Ensuite, il posa le carnet et commença à se déshabiller. Il sentit l'enveloppe dans sa poche et l'ouvrit. Dans le mouchoir plié, lavé et repassé, se trouvait un billet de cinq livres, accompagné d'une petite carte sur laquelle était inscrit, d'une haute écriture aux étonnantes volutes théâtrales : « Merci de votre prévenance. »

Mrs Palfrey dormit paisiblement, d'une traite, les lèvres bien droites, comme si elle allait sourire.

Vers le milieu de la nuit, Mrs Arbuthnot, elle, abandonna tout espoir de s'endormir. Ses jambes ankylosées la faisaient horriblement souffrir, et toute tentative pour trouver une position plus confortable lui était douloureuse. Elle alluma la lampe de chevet et décida de repartir à l'assaut de C. P. Snow. Mais elle avait perdu le fil et ne pouvait faire l'effort de se le remémorer. Elle en voulait à Mrs Palfrey d'avoir rapporté ce livre, et à son auteur de l'avoir écrit.

Elle s'assit et considéra la chambre. Elle était de la même taille – petite taille – que celle de Mrs Palfrey. Son mari serait allé se plaindre à la direction, et efficacement. A l'époque, Mrs Arbuthnot s'inquiétait quand il allait protester de la sorte, étant pour sa part quelqu'un qui ne se plaignait jamais. Et à présent, elle en était arrivée à se plaindre sans cesse – sans le moindre résultat. Elle comprit, avec l'horrible lueur de lucidité des petites heures du matin, qu'elle ne se plaignait qu'à des subalternes de son espèce, incapables de modifier quoi que ce soit. Son mari, lui, selon l'une de ses expressions favorites, s'adressait toujours à qui de droit. Elle avait peur de qui de droit. Son mari – tellement tyrannique – l'avait laissée assez démunie ; et qui de droit ne pensait qu'à rendre son hôtel rentable. Il – ils – réservait aux vieilles dames ses plus mauvaises chambres, à des tarifs presque inabordables, parce que les clients de passage (notes de blanchisserie en sus) n'auraient pas hésité à protester.

Mrs Arbuthnot redoutait qui de droit pour une autre raison. Le temps était proche, elle ne l'ignorait pas, où elle ne serait plus capable de se débrouiller seule, à cause de ses articulations bloquées et enflammées, de ses intolérables douleurs. Le Claremont représentait la dernière liberté dont elle disposait, et elle voulait la conserver le plus longtemps possible. Elle savait ce qui lui arriverait, elle l'avait prévu. Dès qu'elle serait impotente : maison de santé privée, plus coûteuse encore que le Claremont, où on la laisserait au lit toute la journée pour simplifier l'existence des infirmières. Ou alors aller vivre chez l'une de ses sœurs, qui ne voulaient pas d'elle. Ou bien – finalement – le service gériatrique d'un quelconque hôpital.

Impossible de mourir ici, songea-t-elle, au matin de cette nuit-là. Et il risquait de s'écouler des années et des années avant la fin. On ne meurt pas d'arthrite. On peut durer et durer, devenir un fardeau pour les autres sans pouvoir rien y faire ; avec le temps, on modère ses exigences en fonction des prix trop élevés. Pour elle, le Claremont représentait ce qu'il y avait de mieux. De toute évidence, il lui faudrait redescendre l'échelle.

Elle songea alors à Mrs Palfrey, avec beaucoup d'aigreur – tout ce vin qu'elle avait bu, ses joues embrasées, et le jeune homme auquel elle avait proposé du saumon fumé à cinq shillings et six pence le plat. Ils s'étaient penchés l'un vers l'autre au-dessus de la table, se contemplant comme des amoureux. Plus tard, en beurrant un morceau de pain – il avait consommé tant de beurre que le serveur s'était renfrogné – il avait déclaré (Mrs Arbuthnot avait tendu l'oreille) : « Maman est une vraie souillon ; et encore, c'est peu dire. » « Je ne veux pas t'entendre parler de ta maman sur ce ton », avait répliqué Mrs Palfrey – et elle s'était mise à rire aussitôt, comme si ce n'était pas de sa propre fille qu'elle prenait la défense. La méchanceté avait donné l'ouïe fine à Mrs Arbuthnot, et elle était assise non loin d'eux ; mais elle n'avait pu en entendre beaucoup plus, malgré tous ses efforts – à en attraper la migraine.

Mrs Palfrey n'est pas un cheval franc du collier, se dit-elle. Devant ce mot d'esprit involontaire – elle venait d'établir le lien entre *palfrey* et palefroi – elle laissa aller sa tête contre l'oreiller et fit une grimace se rapprochant d'un sourire. Vous n'êtes pas un cheval franc du collier, Mrs Palfrey, je le lui dirai.

Elle voulut consulter la pendulette et, lorsqu'elle amorça un mouvement de rotation, un bruit de sucre broyé s'échappa du bas de sa nuque. Ensuite, elle eut besoin d'aller aux toilettes, à l'autre bout du couloir. Il lui fallait si souvent affronter cette épreuve au cours d'une même nuit. Elle la différa, s'assoupit et finit par s'endormir.

## Chapitre 5

Les dimanches – surtout l'après-midi – Ludo était toujours déprimé. Il y avait quelque chose de démoralisant dans l'air : au moins trois fois dans la journée, par exemple, résonnait l'épouvantable, le métallique fracas de jugement dernier des cloches du quartier, auquel répondaient bientôt les jambes nonchalantes des paroissiens derrière les grilles surplombant la courette. Ludo s'accroupissait sur ses talons et louchait dans leur direction, lorgnant les chapeaux consternants des femmes – c'étaient surtout des femmes – furieux qu'elles puissent le décourager ainsi. Au point qu'il était incapable de travailler : et il ne pouvait pas non plus *aller* travailler.

De quelque part – mais certainement pas de sa mère – il avait hérité le sentiment que le dimanche était un jour de repos, de sorte qu'il se faisait de la bile ce jour-là, et achevait toujours la journée avec une impression d'ennui profond et de temps perdu.

De temps à autre, ce dimanche-là, il songea à son billet de cinq livres et eut envie de sortir le dépenser ; mais, vers midi, il se contenta d'aller dans un pub où, ne connaissant personne, il ne parla à personne. Etre seul le dimanche à South Kensington représente la solitude ultime, conclut-il.

Un peu plus tard, par devoir, il écrivit à sa mère. « Très chère Mimsie » – ce mot le fit grimacer.

C'était pour lui une simple obligation de dimanche après-midi, qui remontait si loin : avant même l'école primaire, songea-t-il. Il se revoyait petit garçon dans une sinistre salle de jeux délabrée, traçant laborieusement les lettres sur la page. « Chère Mimsie. » Parfois une larme coulait. Ainsi, dès le tout début, il avait haï les dimanches. Et ces premiers dimanches avaient probablement été les pires de sa vie.

« Très chère Mimsie, écrivait-il à présent. Merci pour le mandat. (Rien de changé depuis l'internat.) Je vis vraiment de rien ces temps-ci, et il m'a permis – je parle du mandat – de faire une brève différence entre l'inanition et la survie. Je travaille dur à mon roman et, sans doute en guise de récompense, le sort a envoyé une vieille dame devant ma porte, au moment précis où j'en avais besoin, car l'envie m'a pris d'écrire sur les femmes âgées. Au temps où j'étais dans l'art dramatique, à Woodbury, je les étudiais souvent dans cette pension de famille, semblables à des crapauds postés dans les coins sombres, parfois somnolentes et parfois assoupies, ou fouissant les coussins des fauteuils en quête de leurs aiguilles à tricoter. C'est pour moi un exercice d'imagination mais, en même temps, j'ai été très content d'avoir à nouveau la possibilité d'étudier de près une véritable vieille dame – un assez beau spécimen de l'espèce. On se sent seul ici. Dans ton nid d'amour, tu ne peux pas te figurer la solitude des dimanches après-midi de South Ken'. Je t'imagine avec le Major, flirtant entre deux *crumpets* dégoulinantes de beurre fondu, passant des moments délicieux à te lécher les doigts et à échanger des plaisanteries. Alors que le clou de la journée, pour moi, c'est d'aller bientôt à la laverie automatique pour ensuite attendre lundi avec impatience. (En réalité, il s'écrivait à lui-même.)

» Je n'ai jamais réussi à venir correctement à bout d'un dimanche. Même quand j'étais comédien, et occupé. Aucune façon d'y échapper. Il faut bien sortir, de temps en temps, et dans la rue on tombe sur tous ces Antillais qui vont à l'église avec d'horribles chapeaux et des lunettes – même les toutes petites filles ont des cuvettes en feutre sur la tête, et des gants. Je ne t'ai jamais vue, toi, porter un chapeau ou des gants. Je dois le reconnaître. Mrs Palfrey, la vieille dame dont je te parle, était tête nue ; mais elle arborait une paire de gants à crispin en cuir épais, comme si elle rentrait d'une séance de dressage de faucon.

» Je lui ai plus ou moins sauvé la vie et elle m'a offert cinq livres. (Il biffa « cinq livres » et écrivit à la place, au-dessus, « un repas à son hôtel ».) Pas le genre d'endroit que tu aimes ; mais je crevais de faim, ayant consacré ton gentil mandat à des boîtes de haricots et au nettoyage de mon costume. (Peut-être ton Major possède-t-il quelques vieux costumes. Je ne serais nullement humilié d'en récupérer un : je dois rafraîchir le mien avec des ciseaux à ongles avant d'aller travailler.)

» Elle a de mauvaises jambes, cette Mrs Palfrey. » Il songea alors qu'il parlait trop de Mrs Palfrey, et cela l'irrita, car il avait appris dès l'enfance à ne pas ennuyer sa Mimsie. Il se tapota le front de son stylo, ferma à demi les yeux, bâilla d'un air ahuri, écrivit brusquement « bons baisers de ton Ludo » et en resta là.

Enfin quelque chose à faire. Il pouvait sortir et aller poster sa lettre. Il enfourna dans un sac en plastique un drap, deux chemises, quatre slips et des serviettes puis, sans trop savoir pourquoi, décida soudain de retirer les épingles des rideaux et de les décrocher. Ils répandaient une bizarre odeur de renfermé. Ludo les fourra dans le sac et quitta la pièce.

Les rues étaient ennuyeuses comme la pluie. Il se dit que, une fois terminé son roman décrivant à quel point elles étaient ennuyeuses, il partirait vivre à l'étranger, là où même les cloches du dimanche avaient un meilleur son (car il était allé en Espagne avec Mimsie), et où le froid était plus sec.

La laverie automatique (à pièces) était éclairée au néon, ce qui lui permit de lire sans difficulté le roman naturaliste de George Gissing qu'il avait emporté.

Dans la salle jusqu'alors vide, une jeune fille entra et vint s'asseoir près de lui. Comme un vieillard feignant de lire, il lui jeta un coup d'œil en biais, sournois, et remarqua tout d'abord ses souliers à lanières en cuir verni. L'une des petites chaussures balançait d'avant en arrière, dans un mouvement impatient. Des collants blancs. Toujours sans relever les paupières, ses yeux découvrirent lentement des genoux minces et blancs puis un ourlet de velours noir et poussiéreux. Ludo se redressa sur sa chaise, lut un nouveau paragraphe, puis lança un regard plus franc vers le sommet de la tête de l'inconnue, bâillant ostensiblement, d'un air d'ennui profond, avant de remonter sa montre. Elle avait de longs cheveux raides, et teints d'un gris de vieille femme. Son pâle visage était émouvant de mauvaise santé, yeux tristes, lèvres sans couleur. Elle regardait droit devant elle, dans le vague.

« Pas grand monde aujourd'hui, dit-il.

– Pour le baratin, vous fatiguez pas », répondit-elle.

Au Claremont, le dimanche s'écoulait. On pouvait dire qu'il était passé, estima Mrs Arbuthnot. Un dimanche de plus arraché au service gériatrique. Et pourquoi ? Dans quel but ? A quoi cela avait-il servi ? se dit-elle.

Mrs Burton, parée d'un nouveau chapeau de fourrure, se rendit à l'église. Mr Osmond, après une remarque du concierge, s'isola pour fermer les boutons de sa braguette et se rendit lui aussi à l'église. Rôti de bœuf, Yorkshire pudding, et petite sieste sur les suppléments en couleur des journaux du dimanche. Une redoutable léthargie. Bientôt, l'heure du thé. De minuscules sandwiches au concombre qui vous donnent des renvois, ainsi que le répétait Mrs Post, tapotant sa poitrine en forme de cage à oiseau.

On avait emmené Mrs Arbuthnot faire une petite promenade en voiture et à présent, en cette fin de journée, elle était assise dans le salon, pâle et angoissée. Ses sœurs avaient réussi, non sans mal, à la déplacer un peu et quelque chose avait été accompli. Elle avait pris l'air, avait changé d'horizon et, pour elles deux, elle était censée aller mieux. Ses sœurs, en tout cas, allaient incontestablement mieux. Elles étaient, pour l'heure, agréablement occupées à boire un verre, les joues embrasées de soulagement, toutes à la satisfaction du devoir accompli.

Mr Osmond écoutait le bulletin météorologique, une main translucide, semblable à une conque, arrondie derrière l'oreille. Il était écœuré – moins par l'annonce du temps à venir que par l'accent de la speakerine. Il ne cessait de ronchonner et de remuer la tête, très contrarié. « Pas besoin qu'une foutue Australienne vienne me parler du temps de mon pays, s'exclama-t-il rageusement. *Rlativment peu d'midité* ! A croire qu'on ne trouve pas d'Anglaises de pure souche pour se charger d'un boulot aussi simple ! *Rlativment peu d'midité* !

– En tout cas, ça nous changera de la pluie, constata Mrs Post.

– Ils ne disent jamais vrai », répliqua Mr Osmond.

Plus tard, ils se rendirent dans la salle de télévision et, après le feuilleton, attendirent les informations et la manifestation. Il y avait généralement une manifestation le dimanche, foules grouillantes à Trafalgar Square et défilés devant Downing Street. Les policiers et les chevaux recueillaient toujours l'ensemble des suffrages. Tout le Claremont était derrière eux. « Pauvres bêtes ! ne cessait de s'exclamer Mrs Post. Qu'ont-ils fait pour mériter ça ?

– Sales voyous chevelus », murmurait Mr Osmond de temps en temps.

Compte tenu du nouvel intérêt que lui inspirait la jeunesse, Mrs Palfrey, elle, ne disait rien. Elle avait la certitude que Ludo ne lui ferait pas la honte de brandir une pancarte ou de lancer des pavés. Il semblait ne croire en rien, et elle en était contente.

Après la manifestation, unis dans le dégoût qu'elle provoquait en eux, ils retournèrent au salon, vers le calme. Il s'y trouvait des étrangers de passage pour la nuit qui, dans un coin, s'entretenaient à voix basse, comme il convient, devant une tasse de café.

Bientôt, on entendit le claquement étouffé des cartes que Mr Osmond battait avant de commencer une réussite, auquel faisait contrepoint le bruit des aiguilles à tricoter, des soupirs et des borborygmes (promptement couverts par un toussotement).

« Encore un dimanche presque passé », déclara rapidement Mrs Post pour masquer un petit pet. Elle avait de la présence d'esprit.

« Allons, ce n'est pas le moment de vous laisser aller », dit Mrs Burton ; mais elle se tapotait les dents de ses ongles étincelants, d'un geste de pur ennui ; et elle bâillait et bâillait tant qu'elle craignit de se décrocher la mâchoire.

Mr Osmond étalait lentement les cartes. Il avait des mains osseuses, brillantes, creusées de sillons en anneaux au-dessus de chaque phalange.

« Oh, oh , oh ! » bâilla Mrs Burton, en tenant prudemment son nez et son menton de la main – redoutant un accident. Ensuite, elle s'essuya les yeux, brusquement accablée, vaincue par l'alcool. « Je vais aller au dodo », annonça-t-elle finalement, en ayant du mal à se lever.

« Il y a trois mille jours aujourd'hui que ma femme est décédée », déclara Mr Osmond sans s'adresser à quelqu'un en particulier.

« Birmingham, dit Ludo.

– Quoi, Birmingham ? » demanda la fille aux collants blancs.

Elle tourna légèrement la tête – l'air de faire une concession assommante.

« C'est de là que vous venez. Je viens juste de situer votre accent.

– Il se trouve que je suis de Pinner.

– J'adore votre façon de dire *Pinneuh.*

– Je n'ai pas dit *Pinneuh.* »

Ils avaient au moins engagé une conversation, songea-t-il.

« C'est dans la zone de livraison de Harrods ?

– Je ne comprends vraiment rien du tout à ce que vous racontez. »

Elle prononça « rien du tout » avec une sorte de vrombissement, comme pour accentuer Pinner.

« C'est vraiment assez important, dit-il.

– Important ? Ah je vois, vous êtes sans doute un des directeurs du magasin », dit-elle, baissant les yeux d'un air languissant, le menton dans la main, en considérant la semelle décollée de Ludo.

« Non. En toute honnêteté, je ne suis pas directeur, dit-il. Mais c'est réellement mon lieu de travail.

– Ce que vous pouvez être barbant, dit-elle. Je vous avais dit de laisser tomber le baratin. Faut que je le répète ?

– Doris, murmura-t-il alors comme s'il se parlait à lui-même. Mabel. Non, Edith. »

Elle ne put s'empêcher de demander : « Quoi Mabel, Edith ? Vous êtes fou ? Vous parlez tout seul.

– J'essaie de deviner votre nom. Vous m'avez bien l'air d'une Mabel. J'opte pour Mabel.

– Vous savez vraiment à quoi ressemble quelqu'un qui s'appelle Mabel ? demanda-t-elle d'un ton menaçant.

– Je vous l'ai dit, j'essaie de deviner.

– Je m'appelle Rosie, si vous voulez le savoir.

– Dites-moi, Rosie de Pinner, si nous allions boire un verre ?

– Vous commencez à m'agacer, dit-elle en haussant une épaule. Et même à me taper sur les nerfs.

– Je m'appelle Ludovic. Ludo.

– C'est une blague, non ? » répondit-elle automatiquement.

A cet instant, comme le silence s'installait, Ludo eut une idée et il sortit de sa poche le billet de cinq livres de Mrs Palfrey. Il le lissa soigneusement et, le prenant par un coin, l'agita devant Rosie. « Vous connaissez ce petit tour ? » demanda-t-il. Comme elle ne répondait pas, il enchaîna rapidement : « Vous allez trouver ça très simple. Et vous me trouverez simplet de l'avoir suggéré. Mais vous serez surprise, vous verrez. Il vous suffit d'attraper le billet quand je le lâcherai : si vous réussissez, il est à vous. »

Elle le regarda avec stupéfaction – une expression différant pour la première fois du mépris.

« Allez ! » dit-il d'un ton câlin comme s'il parlait à un enfant. « Essayez de l'attraper avec votre petite menotte. »

Il lâcha le billet, elle le saisit entre le pouce et l'index, et elle le regarda sans comprendre. Elle reprit alors son expression dédaigneuse et c'est lui, à son tour, qui s'étonna.

« C'est la première fois que je vois ça », dit-il.

Elle lui tendit le billet, le secouant avec impatience, voulant s'en débarrasser.

« Non, non, c'est à vous, dit-il. Vous l'avez gagné. Mais quand même, je n'en reviens pas. Peut-être parce que vous étiez assise. Maintenant qu'il est à vous, ça vous ennuierait de recommencer, par simple curiosité ?

– Oh la ferme ! » s'écria-t-elle. Elle lança le billet dans sa direction et se dirigea vers la machine à sécher avec son sac en plastique.

Il était sur le point de la perdre.

« Allons dîner chinois », proposa-t-il dans une ultime tentative, lorsqu'elle s'approcha de la porte. « Rosie », ajouta-t-il d'un ton suppliant.

Par pure habitude, elle affecta un air d'ennui profond, de mépris protecteur ; mais brusquement – « Rosie ! » implora-t-il encore, doucement – quelque chose altéra son visage, dont les traits tombants s'animèrent comme malgré elle. Jusqu'à présent, elle n'avait guère changé d'expression, et il se produisait enfin du nouveau. Probablement la faim, se dit-il.

Une petite bande plutôt bruyante de voyageurs de commerce avait envahi, assez tard, le salon du Claremont. Ils s'étaient réunis pour préparer une conférence du lendemain matin, et un certain malaise doublé d'une *bonhomie* * factice les entourait, tandis qu'ils se levaient chacun à leur tour (et parfois dans une joyeuse bousculade) pour sonner le garçon. Antonio arriva de mauvaise grâce, et finit par rester non loin d'eux, son plateau à la main, en attendant la tournée suivante.

Le petit groupe des pensionnaires était monté se coucher ; c'était sans doute préférable car aucun d'eux, hormis Mrs Burton, n'aurait supporté un tel vacarme. Elle dormait profondément depuis une heure ; seule une soif dévorante aurait pu la réveiller.

Mrs Palfrey, dans son lit, écoutait les murmures d'un couple marié occupant la chambre voisine. Un échange dépourvu de rythme, irrégulier, qui, au fil des années, se teintait d'insouciance et de banalité. Elle savait – elle s'en souvenait – combien c'était précieux, même si on n'y accordait pas d'importance sur le moment. Sa voix à lui résonnait parfois, assez grave, couvrant presque sa voix à elle, plus légère, flottante. Ils parlaient en même temps puis restaient silencieux de longues minutes, allaient et venaient dans la chambre, ouvraient et fermaient des tiroirs : ils y déposaient des affaires, les laissaient tomber ; ils poussaient les meubles. Tous deux se préparaient pour la nuit, paisiblement, à leur cadence habituelle. Et Mrs Palfrey, en les entendant, se sentit bercée et réconfortée.

« Normalement je devais aller chez mes parents ce week-end, expliqua Rosie en nettoyant consciencieusement un travers de porc à petits coups de dents précis. Mais ils sont partis aux sports d'hiver. »

Elle était moins laconique dans l'obscurité du restaurant, parmi les zones d'ombre, les dragons peints et les abat-jour à pompons. Une telle différence avec les néons aveuglants de la laverie automatique.

« Certains week-ends, reprit-elle, essuyant ses doigts graisseux de sa serviette en papier, je vais là-bas me remplir la panse pour la semaine entière. Ça vaut le voyage, parce que je m'empiffre comme une folle. Rôti de bœuf et Yorkshire pudding. Tout ce que je détestais quand je vivais avec eux. Et je pique d'énormes tranches de cake dans le garde-manger. »

Elle tapotait à présent son menton gras avec sa serviette. « Ils vivent dans un autre univers », dit-elle, et Ludo comprit que cela englobait tout – les différences d'âge et d'apparence. Les parents de Rosie n'auraient pas compris que, pour les filles vivant dans un appartement en ville, les vêtements passaient avant la nourriture, l'amusement avant le confort et que l'intimité n'existait pas. Pour lui, les priorités étaient inversées, la vie privée venant en premier, l'assouvissement de la faim ensuite (aucun rapport avec un vrai repas) et les vêtements en dernier. Le dîner chinois venait remplacer la nouvelle paire de souliers qu'il avait eu l'intention d'acheter ainsi que, il l'avait deviné, Mrs Palfrey l'aurait souhaité.

« Oui, ils vivent dans un autre univers », confirma-t-il pour relancer la conversation pendant que Rosie dévorait le dernier travers de porc. « Ma mère habite un nid d'amour à Putney. C'est une sorte de femme entretenue.

– Ah oui ? » se borna-t-elle à déclarer, saisissant l'os par un bout pour remonter rapidement jusqu'à l'autre extrémité, comme si elle jouait de l'harmonica. « Seulement une sorte ? » demanda-t-elle lorsqu'elle eut terminé. Elle se laissa aller contre le dossier de sa chaise et soupira. « De femme entretenue, je veux dire.

– Elle travaille à mi-temps comme réceptionniste, mais je crois que le Major paie le loyer.

– Un autre univers », répéta Rosie en jetant un regard alentour tout en se glissant un ongle entre les dents, avec une grimace, avant de se lécher les lèvres. « Ils n'ont vraiment jamais eu de nouvelles idées, hein ? Oh ! Du porc sauce aigre-douce, formidable ! » Ses yeux passèrent rapidement d'un plat à l'autre, tandis que le garçon déposait les assiettes. « Je regrette d'avoir été de mauvais poil, à la laverie, reprit-elle, mais j'ai vraiment cru que tu étais un peu *etcentrique*.

– Esssaye encore, insista-t-il. Je n'arrive pas à y croire. » Il prit dans sa poche le billet de cinq livres et l'agita de nouveau devant elle.

Elle rapprocha son pouce de son index, se pencha en avant pour l'attraper et cette fois le billet tomba en tourbillonnant sur le sol.

« Voilà comment cela aurait dû se passer », déclara Ludo, enfin satisfait, avant de ramasser le billet.

« Je raffole des vermicelles chinois », murmura-t-elle d'un ton solennel et recueilli, comme à l'église.

« Je suis vraiment très content, je parle du fait que tu as raté le billet. Tu me trouveras peut-être un peu moins *etcentrique*, à présent.

– Peut-être pas », répondit Rosie en levant la tête vers le garçon chinois avec un sourire qui, prenant naissance au coin de ses lèvres, illumina son visage et sembla la transporter dans les airs. « Oh, des châtaignes d'eau ! » s'exclama-t-elle doucement en regardant les yeux bridés du serveur.

Mais les châtaignes d'eau coûtent cher. Elles étaient coupées en tranches minces, et chichement étalées sur le poulet. Rosie les saisit avec ses baguettes et les savoura lentement. « Ils sont tellement impénétrables, se plaignit-elle. Ils ne disent jamais un mot, ils n'écoutent même pas.

– Une texture très particulière, déclara Ludo en déposant toutes ses châtaignes d'eau dans l'assiette de Rosie. Une saveur tout à fait incomparable.

– Incomparable, dit-elle en écho, acceptant les châtaignes en considérant pensivement son assiette. Mais… et toi ?

– Mes besoins, en fait, sont moins impérieux que les tiens. J'ai fait un excellent repas hier soir.

– Où ça ?

– Au Claremont.

– Jamais entendu parler.

– Ça ne m'étonne pas. J'y ai été invité par une vieille dame que j'ai ramassée.

– C'est ta spécialité, on dirait.

– Non, ramassée au sens littéral du terme. Sur le trottoir. Elle avait fait une chute. »

Rosie ne s'intéressait pas aux vieilles dames qui tombaient, ni à l'attitude chevaleresque de Ludo. « A quoi ressemble ta mère ? » demanda-t-elle, trouvant ce sujet plus à son goût.

« Elle a des poches sous les yeux. Des cheveux auburn, le plus souvent noirs à la racine. Un joli corps.

– C'est au moins quelque chose.

– Avec le genre de robes élégantes qu'on trouve dans les boutiques pour mères maquerelles juives ; pourtant on a parfois l'impression que tout n'est pas parfait en dessous – on imagine des épaulettes crasseuses, tu vois, des vieilles gaines sordides. Je ne saurais dire pourquoi, mais c'est comme ça.

– Des boutiques pour mères maquerelles juives ? Des vieilles gaines sordides ? Ben dis donc ! Où vastu chercher tout ça ?

– Je suis écrivain, répondit-il en se penchant vers elle. Ou plutôt... je suis en train de devenir écrivain. Je veux dire que je suis *déjà* écrivain mais que je...

– Je croyais que nous allions parler de ta mère, remarqua-t-elle d'un ton indiquant qu'elle perdait patience. Et de ses sordides vieilles gaines, tu sais ? J'ignorais que ces choses-là existaient encore. Mais j'aurais pensé que le Major n'y attachait pas beaucoup d'intérêt. Et lui, d'où tire-t-il son argent ? Mon oncle était colonel et il n'avait jamais un sou.

– Celui de ma mère n'est pas un militaire de carrière. Il devait avoir un grade pendant la guerre, et comme il aimait ça, il continue de se faire appeler ainsi. En fait, il est dans l'acier. Un vague boulot dans l'acier.

– Il doit être vieux.

– Pourquoi ?

– S'il a fait la guerre.

– Probablement une bonne soixantaine.

– Arrête ! Ça me met mal à l'aise. » Elle était mal à l'aise.

« Tu n'aimes pas les vieilles personnes ?

– Je préfère ne pas y penser.

– Tu deviendras vieille aussi, un jour.

– Tu m'as invitée à dîner pour me couper l'appétit ?

– Et tes parents ? demanda Ludo.

– Oh, ils se marrent à leur manière, dit-elle. Ils donnent d'atroces réceptions, avec environ une centaine de personnes serrées comme des sardines, qui s'interpellent en criant. Parfois le dimanche, quand je suis là, je circule avec un plateau chargé de trucs – du simili-caviar sur canapés et tout ça – et certains bonshommes sont vraiment affreux et les femmes disent : « Oh, comme c'est joli », en parlant du caviar et des tranches de citron, et celles qui sont Américaines disent : « On voit que quelqu'un s'est donné du mal, par ici. » Elles sont toutes pleines d'allant, toutes braillardes, mais elles me détestent, en fait ; parce qu'elles savent que leurs maris louchent sur ma robe et lorgnent ma poitrine.

– Mais tu n'as pas de poitrine.

– Et c'est très bien comme ça, merci. J'imagine que ta mère doit avoir une paire de seins énormes qui débordent de ses robes de mères maquerelles juives.

– Tu as l'air bizarrement fascinée par ma mère. Je t'ai dit qu'elle avait un joli corps.

– Mais selon quels critères ? Ceux du Major, je suppose. Et ton père ? » demanda-t-elle en se servant à nouveau du riz.

« Il s'est beaucoup fatigué et il en est mort, répondit Ludo.

– Navrée, marmonna vaguement Rosie – presque avec colère, comme si elle regrettait d'avoir posé la question. Ce riz est déjà froid, ma parole.

– J'ai fait de mon mieux. Avec mon père. Tenté de lui remonter le moral comme j'ai pu. Si on ne dit pas du bien des gens au bon moment, ils meurent de désespoir, tu sais, ou alors ils deviennent des Hitler.

– C'est vrai ? » demanda Rosie.

## Chapitre 6

Mrs Palfrey marchait encore avec difficulté, même un certain temps après sa chute, de sorte qu'elle trouvait les journées longues. Elle pensait souvent à Ludo et à l'agréable soirée passée avec lui, se demandait s'il reviendrait, et avait l'impression que non. Car il était resté vague, et ne lui avait pas laissé d'ouverture pour renouveler son invitation. Une expression hésitante – ou vraiment peu enthousiaste. Les rouages qui auraient permis la poursuite de leur relation n'existaient pas, ce qu'on ne pouvait dire, malheureusement, des constants rappels de Mrs Arbuthnot et Mrs Post à son sujet.

« Si nous allons au British Museum, nous le verrons ? » demanda Mrs Post, ignorant à quel point sa question était dangereuse. Mettre quelqu'un en difficulté était bien la dernière chose qu'elle aurait souhaité, à la différence de Mrs Arbuthnot.

« Oh non, répondit rapidement Mrs Palfrey, il travaille au fin fond des archives.

– Fascinant », murmura Mrs Post.

Mrs Palfrey, énervée, sortit pour une brève promenade : pas plus loin que le square, où de fermes petits boutons s'étaient formés sur les branches des lilas – ils seraient sans doute d'un mauve pâle et ennuyeux une fois fleuris, se disait-elle – et un ou deux crocus commençaient à poindre sur la terre sombre. Il y avait également un vent coupant, qui la fatiguait et semblait figer les plis tombants de son visage.

C'était la fin de l'après-midi, une partie de la journée qui déprimait Mrs Palfrey. Dans les fenêtres éclairées dont les rideaux n'étaient pas encore tirés, de menus signes de vie familiale apparaissaient, commençaient à apparaître. Elle entrevoyait des studios – certains ressemblant à celui de Ludo – dans ces sous-sols où, jadis, des cuisinières s'occupaient des fourneaux, réglaient le tirage dans un bruit métallique, attrapaient les casseroles chaudes avec un pique-feu, et écumaient des marmites de bouillon, tout en prêtant l'oreille aux ragots que les femmes de chambre rapportaient des étages. Mrs Palfrey avançait lentement, imaginant cette époque, qu'elle comprenait presque mieux que les structures de logement actuelles, ces constructions en nid d'abeille aux alvéoles isolées, parce que c'était l'époque où elle avait été jeune et qu'elle en gardait les souvenirs les plus nets.

Certaines fenêtres étaient dotées de barreaux de fer verticaux, et elle se dit qu'on devait avoir l'impression d'être en prison. On voyait passer des pieds, et les roues des voitures ; mais pas de ciel, rien que les murs de stuc de la courette en contrebas, les feuilles mortes qui s'y amassent, une fougère jaillie d'une fissure, ou des briques couvertes de mousse ; des poubelles ; ou encore une rangée de pots de fleurs remplis de vieille terre, dans lesquels plus rien ne pousse.

Mais il y avait de la vie au bas des escaliers et, de temps à autre, une trace de confort douillet. Des odeurs de cuisine dans l'air ; un homme se levait d'un fauteuil en osier délabré et s'étirait en bâillant ; des écrans de télévision bleu-blanc scintillaient dans des pièces obscures ; on disposait des assiettes sur une table couverte d'une nappe.

Mrs Palfrey s'accorda un instant de repos, et réajusta sa fourrure usée sur ses épaules. Elle jeta un regard de biais, dans l'une des pièces, sur un aquarium éclairé où tournoyaient poissons noirs et poissons dorés. Quelle vieille dame mal élevée je fais ! songea-t-elle en souriant.

Sur le trottoir, le vent mauvais soulevait des tourbillons de gravier ; un morceau de journal vint s'enrouler autour de sa cheville, elle le repoussa du bout de sa canne et reprit son chemin.

Dans l'arrière-salle, au sous-sol d'un petit hôtel, elle vit un jeune garçon ôter la couenne de tranches de lard.

Arthur et moi, songea-t-elle soudain, nous rentrerions de notre promenade à la nuit tombante, et il mettrait avec soin quelques morceaux de charbon dans la cheminée, pour faire ce qu'il appelait un « bon feu pour rôtir ». Elle imaginait sa main tenant les pinces – une main forte, autoritaire, sur laquelle des poils ondulaient. Si j'avais su à l'époque combien j'étais heureuse, se disait-elle, cela aurait tout gâché. Je trouvais cela tout naturel. C'était beaucoup mieux ainsi. Je ne le regrette pas.

Après des conditions de vie difficiles, souvent inconfortables et parfois dangereuses, la retraite près de Brighton – la maison meublée à Rottingdean – avait été une pure béatitude. Ils devinrent plus importants l'un pour l'autre et, à la fin, le couple parfait qu'ils avaient créé ressemblait à une œuvre d'art. On compatit généralement au malheur de celles qui perdent leur mari de bonne heure, dans un accident, ou à la guerre. Et on a raison, se dit Mrs Palfrey, mais l'inverse est encore pis.

Elle marchait en direction de Cromwell Road, et il faisait complètement nuit à présent, dans le silence du brouillard qui tombait. Une fois à la maison… commença-t-elle à penser, puis elle se reprit. Elle poursuivit son chemin en clopinant, mécontente. C'était venu spontanément : elle avait pensé au Claremont comme à sa maison.

Ludo se hâta dans Brompton Road, rentrant chez lui après sa journée de travail. Les lumières, alentour, étaient floues et vacillantes, suspendues dans la brume. L'heure de pointe. Et ce moment de l'année un peu rance, entre Noël et le printemps, sans qu'il parvienne à y trouver quelque chose de nouveau : c'était une fin, pas un début.

Chaque fois qu'il voyait une paire de bottillons blancs étinceler dans sa direction, ou faire la queue pour l'autobus, il pensait à Rosie. Vers le milieu de la journée, il était parti se promener, pour se dégourdir les jambes. Il passa et repassa devant la boutique où travaillait Rosie, regardant depuis la vitrine. Le magasin grouillait de jeunes filles plates de South Ken', venues essayer des vêtements pendant l'heure du déjeuner. Une chanson des Beatles : « *Wednesday morning at five o'clock when day begins…* » Plaintive, magnifique. Des lumières colorées, changeantes, projetaient leur rayon au plafond. Il était entré et s'était dissimulé derrière un portant chargé d'imperméables en vinyle, les yeux fixés sur Rosie.

Une femme d'un certain âge, qui semblait avoir échoué par erreur dans la boutique, jaillit d'une cabine d'essayage, épuisée, hors d'elle, à bout de nerfs. Elle se déchargea sur Rosie d'une brassée de vêtements. « Les vestes sont trop larges et les jupes trop étroites », l'entendit protester Ludo. « Vous n'espériez quand même pas trouver du premier coup, non ? » répondit froidement Rosie. Lorsque la femme eut disparu, se faufilant honteusement dans la rue, Rosie la traita sans aigreur de « vieille bique », et entreprit de raccrocher les vêtements.

« Hou ! » s'écria Ludo, en surgissant brusquement des imperméables.

« Ah c'est toi ! » s'était-elle exclamée, d'un air de profonde lassitude.

Il y avait quelque chose d'indescriptiblement délicat dans son attitude distante, et sa façon, Ludo s'en souvenait – en traversant la partie la plus sombre de Brompton Square – sa façon de lancer : « *c'est une blague, non* », ou « *fiche-moi la paix* » : si légèrement, presque comme si elle n'avait rien dit. Sa beauté, et son expression impassible rendaient ces phrases impertinentes et usées totalement neuves sur ses lèvres.

Aller vers l'ouest consistait à s'éloigner des boutiques illuminées. Dans Cromwell Road apparaissaient des zones sombres sur le trottoir, et l'obscurité cernait le sommet des immeubles qui se détachaient sur un ciel plus clair, bleuâtre. Il passa rapidement devant le Claremont, presque coupable, comme si sa grand-mère y vivait réellement et attendait, abandonnée, qu'il lui rende visite.

Il s'engagea dans une rue plus terne, plus tranquille, puis une autre, passa devant le Lavorama béni et la *Lanterne chinoise* tout aussi bénie, s'engouffra dans le pub du coin pour y acheter deux bouteilles de bière blonde, puis se hâta de rentrer afin d'ouvrir et de faire chauffer une boîte de spaghettis. Rosie venait dîner.

Il pensait – il s'était mis à y penser chez Harrods alors qu'il aurait dû se concentrer sur d'autres sujets –

que, passés les premiers appâts extravagants du restaurant chinois, il leur faudrait tout recommencer, car il avait l'intention de continuer – il avait besoin de continuer ; même s'il était loin d'être sûr que Rosie eût la moindre intention de ce genre à son sujet.

Il songea, en fermant les rideaux avec l'épingle à nourrice, que la soirée lui permettrait de le vérifier.

Au dernier moment, lorsqu'il entendit ses pas dans l'escalier, il alluma le chauffage.

Mr Osmond rédigeait une lettre au *Daily Telegraph*, selon son habitude. « Nous avons de la chance d'avoir un tel corps, écrivit-il. De soldats d'élite », ajouta-t-il, après avoir bu une gorgée de vin.

Mrs Palfrey, déprimée, le regardait. Action, songea-t-elle. Il passe à l'acte, il s'exprime, il ne se résigne pas. Indigné par quelque pensée, Mr Osmond émit un petit grognement. Elle, pour sa part, ne faisait rien, sinon rester assise, les mains sur les genoux. Sa promenade l'avait fatiguée, mais une fatigue nerveuse, sans rien de paisible. Elle aurait bien voulu attendre le moment du coucher en sachant y trouver un véritable repos, comme naguère. Elle s'obligea à ne plus penser aux jours du passé, et tourna brusquement la tête.

« Dites donc ! » déclara Mrs Post, s'approchant avec son sac à ouvrage pour s'asseoir non loin d'elle. « Vous avez vraiment l'air vannée. C'est ce vent glacé, peut-être. »

Elle était trop indécise, trop tête de linotte pour parvenir à la vraie gentillesse. Elle avait toujours été animée de bonnes intentions – c'était ce qu'on disait d'elle le plus souvent – mais n'avait que rarement réussi à aider quelqu'un. Pourtant ce soir-là, sans le faire exprès, elle allait aider Mrs Palfrey, désœuvrée et tripotant ses lourdes bagues, et qui la regardait d'un air las.

« Votre tricot est terminé, déclara Mrs Post. J'espère que votre petit-fils l'a apprécié.

– J'ai complètement oublié de le lui donner. Il est toujours là-haut, dans le tiroir », répondit Mrs Palfrey. Puis, baissant les yeux pour contempler le tapis, comme si elle examinait une idée qui lui venait lentement à l'esprit : « J'ai complètement oublié », répéta-t-elle.

« Bah ! lança Mrs Post d'un ton léger. Il reviendra très bientôt, j'en suis sûre. » Elle se retira dans son monde privé, prit son tricot, se carra dans le fauteuil, et entreprit de faire cliqueter les aiguilles. Mr Osmond ferma ostensiblement les yeux, puis les couvrit de sa main gauche, essayant manifestement de se concentrer.

Tandis qu'ils se levaient, l'un après l'autre, pour aller dîner, quelques personnes d'un certain âge venues fêter un événement à l'hôtel se redressèrent instinctivement, le dos bien droit. Toutes s'efforçaient de paraître plus alertes, et de ne pas penser à l'avenir.

Mr Osmond ferma la porte et suivit Mrs Palfrey à distance ; comme il se souvenait d'une vieille plaisanterie, très vieille et très osée, il la raconta au directeur, *en passant* *.

Silence presque total dans la salle à manger. Ils se glissèrent sur leurs chaises. En vieillissant, les femmes ressemblaient de plus en plus à de vieux messieurs, et Mr Osmond à une vieille dame.

## Chapitre 7

Un samedi après-midi, sachant que le Major serait à Twickenham (il disait « Twickers », « rugby à Twickers »), Ludo se rendit à Putney pour voir sa mère.

Peut-être avait-il hérité de son père le sens du devoir, et de sa mère une façon épisodique de l'exprimer. Elle continuait – même à présent – de le lui manifester, et lui envoyait de temps en temps des cartes d'anniversaire teintées d'humour morbide, ou une anecdote comique susceptible de figurer dans son roman ; une autre fois, elle l'avait obligé à emporter des chaussettes du Major qu'elle n'avait pas envie de raccommoder. Une paire, jaune moutarde. « Peut-être juste assez bonnes pour les dépôts d'Oxfam », avait-elle dit, hésitante. « Elles me seront bien utiles », avait-il répondu gaiement, incapable de blesser quiconque. Même lorsqu'il s'en était débarrassé, il avait espéré qu'elles serviraient à quelqu'un. Un clochard, ou un beatnik, pourrait les récupérer sur les grilles dorées qui bordent l'hôtel Garibaldi, et s'en satisfaire.

« J'étais dans le coin, je ne fais que passer », dit-il lorsque sa mère ouvrit la porte de l'immeuble de Putney. (Et il songea : Je doute que nous ayons jamais échangé des paroles sincères depuis l'époque de mes cinq-six ans, dès que j'ai su à quoi m'en tenir.)

Il la suivit dans l'escalier jusqu'à son appartement,

au premier : sa croupe balançait tandis qu'elle gravissait les marches, mais avec une certaine tenue, rien de mou. Comme il ne voulait pas s'encombrer l'esprit de détails inutiles, il s'efforça d'ignorer celui-là. Il lui rendait visite, rien de plus.

Le salon lui parut délicieusement bien chauffé – mieux encore que chez Harrods – grâce à deux radiateurs électriques, et sans une trace d'humidité, contrairement à chez lui où les murs suintaient dix minutes après qu'il ait allumé le chauffage au gaz. Habitué comme il l'était à l'obscurité de son sous-sol ou à la lumière artificielle, il fut séduit par les fenêtres remplies de ciel blanc et de branches d'arbres.

« Comment va-t-il ? demanda-t-il.

– Il est parti voir un match de football. Ils doivent tous être imbibés, à l'heure qu'il est. Ils se retrouvent au parking et ils boivent dans les coffres.

– Tu plaisantes.

– Pas du tout. Ils remplissent leurs coffres de bouteilles et ils passent de l'un à l'autre – comme s'ils faisaient la tournée des pubs.

– Je vois.

– On dirait plutôt une course à parcours libre, en fait.

– Tu tiens un langage très étrange, Mimsie.

– Tu trouves, chéri ? Dans ce cas parlons un peu de toi. Comment ça marche, ton roman ?

– Ça ne se passe pas comme ça. Les jockeys dirigent quand même les chevaux.

– Ah bon. » Elle s'assit dans un fauteuil affaissé, et se pencha en avant pour ramasser des objets sur le sol : pages de journaux, papiers de chocolat et quelques instruments de couture. Mal tenu, le petit nid d'amour, songea Ludo.

« En réalité, je... dit-elle. Non, il ne faut pas que

j'en parle. J'aurais dû le souligner à l'époque, et je suis certaine de l'avoir fait. Ce n'est pas que je veuille me mêler de… mais je me pose seulement la question – je me demandais simplement – s'il est bien raisonnable de changer de bateau au milieu de la rivière. J'adorais quand tu étais acteur. Quand je disais : "Mon fils fait du théâtre", tout le monde était aux anges et mourait d'envie d'en savoir plus. »

Il se demanda à qui elle avait bien pu le dire : elle ne semblait pas avoir d'amis.

« Je n'étais presque jamais sur scène une fois le rideau levé.

– Mais tous les grands acteurs ont débuté comme ça. Je suis sûre que sir Laurence est passé par là. Seulement voilà, tu n'as ni sa patience ni sa persévérance. » Elle sourit, comme pour donner à sa phrase une allure de plaisanterie.

Ludo estimait que la patience et la persévérance étaient ses deux points forts.

« En plus, ajouta-t-elle en revenant à son propos, on doit se sentir tellement seul, assis à noircir des pages, des jours et des jours. Et ça manque de *glamour.* »

L'un de ses mots favoris. Il n'avait jamais entendu quelqu'un d'autre l'utiliser. Mais, tout en étant une femme entretenue, elle n'en avait pas non plus.

« Que pense le Major de tout cela ? » demanda-t-il. Il plongea les doigts dans une boîte de chocolats qui traînait à sa portée, mais n'en retira que des emballages vides.

« J'aimerais bien que tu cesses de l'appeler ainsi.

– Tout le monde le fait. Au pub, on n'entend que ça : "Ça boume, Major ? Et le Major, qu'est-ce qu'il va boire ?"

– Je crois qu'il serait content que tu l'appelles Dickie.

– Dans ce cas, je vais essayer de m'en souvenir. Après tout, ça m'est complètement égal.

– En fait, Dickie pense que c'est à toi de décider, bien sûr. »

Et de rester à l'écart, songea Ludo. Ce que je fais.

Le concierge aperçut Mrs Palfrey sur Cromwell Road. La circulation intense la rendait nerveuse, surtout lorsqu'elle portait un gros paquet sous le bras. Tant de vitesse et de vacarme lui faisaient parfois envisager Bournemouth, où il existait des rues tranquilles et aussi des tarifs saisonniers, ce qui au Claremont, en dépit de la publicité, ne signifiait pas grand-chose. « Et pendant le Salon de l'auto, quand on ne trouve plus un seul lit à Londres, on peut dire qu'ils nous haïssent », avait affirmé Mrs Arbuthnot.

« Très aimable à vous, Summers », déclara Mrs Palfrey lorsqu'ils atteignirent l'autre trottoir.

Il avait effectivement été aimable ; car sur le perron, et en présence du directeur, de nouveaux venus attendaient un taxi. En pareil cas, le directeur estimait que les pensionnaires devaient se débrouiller seuls. Summers retraversa rapidement et entreprit de dangereuses petites incursions sur la chaussée, faisant de grands signes du bras ; mais il était toujours difficile de trouver un taxi à cet endroit-là.

Le samedi après-midi paraissait à Mrs Palfrey l'un des moments les plus cruels de la semaine, que l'approche du lugubre dimanche n'améliorait pas. L'impitoyable flot de voitures dévalait Cromwell Road à toute allure, et des foules s'engouffraient et jaillissaient tour à tour de la station de métro de

Gloucester Road, telles des abeilles dans une ruche. Les jeunes marchaient vite – ne s'écartant parfois qu'au dernier moment de sa lente trajectoire, leurs sacs décorés du drapeau du Royaume-Uni débordant d'épicerie, ou ayant les bras chargés de pain français pour les soirées du samedi soir.

Elle quitta avec soulagement la grande artère bruyante. Les rues transversales étaient désertes. C'était un monde étrange, mort. Aucun bruit ne provenait des maisons : rien ne se passait.

Mrs Palfrey s'efforçait de se débarrasser, par la marche, d'une raideur dans la hanche, mais en vain. La raideur semblait au contraire s'installer, cadenassant son articulation, de sorte qu'elle avait conscience de chacun de ses pas. Elle se rendit compte qu'il ne lui arrivait plus jamais, à présent, de marcher sans y penser ; elle devait même se concentrer ; naguère, marcher était semblable à respirer, une chose à laquelle on ne prêtait aucune attention. Le désastre de la vieillesse résidait dans le fait de ne plus se sentir assez sûr de soi pour s'aventurer n'importe où, de voir sa liberté se réduire.

Sa chute avait aggravé son manque d'assurance. Et nul mari ne venait lui donner le bras pour traverser la rue, ou la protéger de l'indignité d'une chute. Je me reposerai un peu en arrivant là-bas, se promit-elle. Et il m'offrira peut-être une tasse de thé.

Mais lorsqu'elle finit par arriver là-bas, Ludo était sorti. Harrods – à cette époque – était fermé le samedi après-midi. Elle s'était dit qu'il serait sûrement chez lui.

Il faisait un froid terrible – « mordant », selon l'expression de Summers – et après avoir de nouveau frappé à la porte, elle resta dans la courette une minute ou deux, appuyée contre un mur humide. Elle redoutait le voyage du retour et la retraversée de Cromwell Road.

Elle déposa son paquet devant l'entrée, écrivit un petit mot pour Ludo, et le glissa sous la porte car il n'y avait pas de boîte à lettres. Dans la lumière terne de cette fin de journée, elle put se rendre compte de l'état déplorable du bâtiment, peinture écaillée et plâtre qui se décollait par plaques. Il y avait probablement des années qu'on n'avait pas nettoyé la fenêtre du sous-sol.

Rien à faire, songea-t-elle, mécontente. Il lui fallait rentrer, et par le même chemin. L'après-midi ne s'était pas déroulé de la façon qu'elle avait imaginée, et ce qui lui avait paru une bonne idée lui semblait maintenant une folle équipée. Si je ne suis même plus capable de marcher une demi-heure ! pensa-t-elle, contrariée, les lèvres pincées, en hochant légèrement la tête.

Elle monta lourdement les marches. Du moins était-elle à présent libérée de son paquet. Je vais peut-être trouver un taxi, se dit-elle ; mais ce n'était qu'une façon de se donner du courage, car on ne trouve jamais de taxi lorsqu'on en a désespérément besoin.

Certains arbres, sur Hereford Square, portaient déjà de minuscules bourgeons. Elle se rendit compte qu'elle n'avait jamais attendu un printemps avec autant d'impatience. Il apporterait, croyait-elle, la fin de ses souffrances et de ses douleurs, lui procurerait une nouvelle liberté, lui remonterait le moral. Elle parlait de nouveau seule. Toute à ses pensées, elle poursuivit péniblement son chemin, et des jeunes la dépassèrent, propulsés par la perspective du samedi soir et de ce qu'elle impliquait. On le voyait dans leurs yeux, leur démarche, les mouvements de leurs chevelures.

J'ai l'impression d'être orphelin, songea Ludo en rentrant chez lui. Je suis complètement seul, autant le reconnaître.

Sa mère avait doucement continué à regretter qu'il ait quitté le théâtre ; mais de façon distraite, comme si elle s'efforçait simplement de paraître intéressée et de donner un conseil à un étranger. A quatre heures, bien plus tôt qu'il ne convenait, elle lui avait préparé une *crumpet* et – comme il l'avait suivie dans la petite cuisine – il remarqua qu'il en restait sept, qu'elle partagerait sans doute avec le Major à son retour de « Twickers ». Cela fait, elle avait commencé à s'agiter. Elle alla changer de robe, revint et tapota des coussins qui en avaient bien besoin ; elle souffla sur la poussière de la pendule et vérifia l'heure à sa montre ; elle emporta la boîte de chocolats vide.

« J'espère qu'ils vont gagner, dit-elle.

– Qui joue contre qui ? demanda Ludo.

– Je crois bien que j'ai oublié. »

Dans sa nervosité, elle n'avait pas suffisamment grillé la *crumpet* et Ludo se dit que manger des tripes froides était probablement du même ordre, peut-être même moins nocif.

« Tu ne bois pas de thé, n'est-ce pas ? » avait-elle déclaré, comme si elle n'ignorait rien de lui.

Il déambula dans la pièce en mastiquant la petite galette et, s'approchant de la fenêtre, contempla le jardinet pavé, en bas.

Pourquoi me donner tant de mal ? se demandait-il, regrettant d'avoir déboursé l'argent du transport et d'être si mal accueilli, sans compter le risque d'indigestion. A cet instant, comme si elle devinait ses pensées ou, plus vraisemblablement, pour le voir partir plus vite, elle fouilla dans son sac et en retira un billet froissé. En le guignant du coin de l'œil, il n'avait pu s'empêcher de penser : Même ses billets de banque ont l'air cradingues.

« Achète-toi de quoi dîner, avait-elle dit. Je me demande bien de quoi tu vis, sans travailler. »

Avant qu'elle ne puisse poursuivre, il répondit : « Je pense me débrouiller encore un mois ou deux, avec l'argent de grand-mère. Je ne dépense pas grand-chose, mais toutes les petites aides sont bienvenues. » Il glissa le billet dans sa poche et se dirigea vers la porte. Elle venait de lui régler son compte, il était normal qu'il s'en aille. Il se promit une grosse portion de *fish and chips*, puis une longue soirée de travail sur son roman.

Il pensait encore au travail lorsqu'il sortit du métro, à la station de Gloucester Road, parmi la foule grouillante des jeunes gens qui, anticipant les plaisirs de leur samedi soir, se regroupaient avec force tapage, à l'instar des étourneaux de Trafalgar Square au crépuscule : l'air vibrait de leurs bousculades enthousiastes. Il songea mélancoliquement à Rosie, et l'imagina se préparant avec flegme à descendre dans l'arène.

S'apitoyant un peu sur lui-même – ce qui ne lui ressemblait pas – et sur la solitude qu'il s'était imposée, il glissa dans sa veste la portion de *fish and chips* bien enveloppés, encore chauds, et pressa le pas, les mains dans les poches.

Quelqu'un était venu le voir, alors que personne ne lui rendait jamais visite. Un instant, follement, en ramassant le paquet bosselé, il pensa à Rosie, tout en se disant qu'il n'y avait aucune raison. En ouvrant sa porte, il trouva sur le sol le petit mot de Mrs Palfrey.

C'était un très joli pull, estima-t-il. Comme il avait froid, il l'enfila sur-le-champ. Les manches étaient un peu trop longues ; aucune importance. En fait, il était vraiment touché, content, et reconnaissant. Il faut que je fasse quelque chose, songea-t-il vaguement. Aller la voir. Ou peut-être lui écrire. Oui, c'est ça. Mieux vaut écrire. Et il se mit à fourrager un peu partout, en quête d'un timbre.

## Chapitre 8

Au début du mois de mars, il y eut quelques jours tranquilles et ensoleillés ; mars, comme d'habitude, arrivait comme un agneau et s'en irait, sans aucun doute, comme un taureau.

D'autres signes annonçaient le printemps : crocus mauves dans les jardins (les étourneaux avaient mis les jaunes en pièces) et impalpables bourgeons vaporeux sur certains arbres.

Mrs Post déposa sur l'appui extérieur de la fenêtre les quelques cheveux qu'elle avait retirés de son peigne – elle avait lu que les oiseaux de Londres manquaient de matériaux pour faire leurs nids.

Summers installa deux chaises pliantes sur le perron de l'hôtel, et Mr Osmond prendrait place sur l'une d'elles, contemplant la circulation et échangeant un mot avec ceux qui entraient ou sortaient. Il s'était couvert de gloire, ces jours-ci, car l'*Evening News* avait publié les dernières lignes de l'une de ses lettres. C'était au sujet des étrangers bénéficiant en Angleterre de soins médicaux gratuits que, personnellement, il n'était pas d'accord pour subventionner. Il gardait la coupure de presse sur lui, dans son carnet. « Que dites-vous de ça, hein ? » avait-il demandé au directeur, désignant son nom d'un doigt tremblant : *R. Osmond, Hôtel Claremont, Londres, S.W.* « Pas mal du tout comme réclame, pour vous. » Mr Wilkins n'avait pas souri comme il aurait fallu, selon Mr Osmond. Aucune trace de gratitude. « Bien entendu, ils ont coupé la meilleure partie, expliqua-t-il : l'histoire du médecin que j'ai dû consulter et payer, à Paris. Mais je crois qu'ils sont coutumiers du fait. J'ai le double de la lettre originale, si vous avez envie de la lire.

– Plus tard, plus tard », répondit Mr Wilkins en claquant des doigts en direction du concierge, dont l'attention lui était plus utile que celle de Mr Osmond.

D'autres signes indiquaient la fin de l'hiver, en dehors des crocus et des chaises de jardin. Mrs Palfrey se sentait intérieurement mieux, ainsi qu'elle l'écrivit à sa fille, et elle était en mesure de faire deux promenades par jour dans l'arrière-pays de Cromwell Road, ou d'aller s'asseoir un moment dans le jardin du Natural History Museum, en regardant les pigeons.

Et puis lady Swayne arriva des Cotswolds pour sa visite annuelle. Mrs Palfrey ne l'avait encore jamais vue, mais les autres pensionnaires la connaissaient très bien. Tous les ans, vers cette époque, elle venait à Londres pour diverses raisons mêlant les affaires et le plaisir : afin de faire examiner ses vieilles dents grises par son dentiste, de consulter Parson & Gunnel, ses avocats, de faire soigner ses cors, de commander des souliers sur mesure, et d'acheter des bas à varices dans Wigmore Street. Elle infligeait sa compagnie à de vieux amis, et se rendait au théâtre. Elle était horriblement condescendante au sujet du Claremont et évoquait ses séjours d'antan à l'hôtel Browns, près de Mayfair.

« Mais ne vous en faites pas, concluait-elle énergiquement. C'est bon marché et plein de gaieté, ici. »

Tout de même, se disait Mrs Arbuthnot non sans ressentiment, « c'est *notre* foyer », et – avec ou sans titre – elle jugeait lady Swayne mal élevée.

Chacun put constater que Mrs Palfrey se trouvait serrée de près par lady Swayne, heureuse d'avoir une nouvelle venue à qui faire admirer les photographies de ses élégants petits-enfants, et de son parc, à Burford, aux arbres taillés de façon savante et décoré d'ornements en pierre. L'une d'elles représentait un vieux jardinier aux jambes arquées, debout près d'un massif de delphiniums afin de souligner leur taille.

Durant sa quinzaine à Londres, elle circulait énormément, et on l'enviait. Elle vivait dans un tourbillon d'activités. Le soir, lorsque chacun se dirigeait vers la salle à manger, elle filait en direction de la porte à tambour, vêtue d'une longue robe de brocart sous son manteau de fourrure, avec un sac de soirée en *petit-point** que Mrs Post avait souvent admiré sans la moindre retenue. Summers passait un temps fou sur Cromwell Road pour tenter de lui trouver des taxis.

Le matin, elle étalait les programmes de théâtre sous le nez des pensionnaires, ou leur décrivait ses repas, ou mentionnait certains noms en vue, comme on abandonne quelques miettes aux affamés. « Vous devriez ab-so-lu-ment y aller, conseillait-elle à Mrs Arbuthnot. C'est vraiment à se tordre. Un peu grivois, bien entendu, mais rien de malsain. Ab-so-lument pas de quoi s'offusquer. » Il y avait des années que Mrs Arbuthnot n'était pas allée au théâtre, et elle savait qu'elle n'irait jamais plus.

« J'ai bien peur que mes amis ne me tuent par excès de bonté, déclara lady Swayne à Mrs Palfrey. Sans doute est-ce en raison de mon trop bref séjour ; vous-même, vous êtes à Londres toute l'année et vous pouvez, Dieu merci, répartir vos sorties. Je dois avouer que j'aurais parfois bien envie de souffler un peu, de m'octroyer comme vous une bonne petite soirée tranquille ; mais non, oh là là, pas question : personne ne le supporterait. “Il nous faudra attendre un an avant de vous revoir, me disent-ils, alors nous voulons profiter de chaque minute de votre présence.” *Le festival Marjorie Swayne*, c'est ainsi qu'Oscar Barrington décrit avec humour mon séjour à Londres. Vous voyez de qui je veux parler, j'imagine. C'est un critique très apprécié du *Sunday Times*.

– Non », répondit fermement Mrs Palfrey. Elle avait eu l'intention de se montrer aimable, mais elle commençait à en avoir assez. « Je lis l'*Observer*.

– Vraiment ? » Le ton vif et le battement de cils de lady Swayne semblaient dire : “Voilà vraiment un drôle d'oiseau.” « Je crains fort que nous n'ayons cessé de l'acheter à l'époque des événements de Suez. »

C'était une autre des ses manies irritantes : elle faisait précéder ses déclarations les plus sectaires ou les plus autosatisfaites d'un immanquable « Je crains fort ». Je crains fort de ne pas fumer, merci. Je crains fort de n'être qu'une vulgaire fidèle de l'Eglise anglicane. (Quelqu'un avait parlé de l'Oratoire catholique de Londres.) Je crains fort de souhaiter au Premier ministre d'aller se faire pendre, noyer et couper en morceaux. Je crains fort que ce vieux renard n'y prenne plaisir. Je crains fort de ne pas trouver cela follement drôle.

Quelques jours après avoir découvert devant sa porte le paquet de Mrs Palfrey, Ludo (qui avait changé d'avis quant à la lettre) retourna au Claremont, arborant le pull en question, un bouquet de violettes à la main. Il rentrait de son travail, et il avait acheté les fleurs dans un kiosque de Knightsbridge.

« Oh ! » laissa échapper Mrs Palfrey, prenant le bouquet dans ses mains tremblantes pour le contempler. On avait humecté les fleurs de gouttes d'eau pour les empêcher de se flétrir, et un parfum froid et léger s'en dégagea lorsqu'elle porta le bouquet à son nez. Elle renifla – pas très joliment – comme si elle inhalait quelque produit destiné à restaurer sa santé.

C'était l'instant incertain durant lequel – le menu était déjà affiché – on attendait l'heure du dîner ; Mrs Burton était déjà largement « très-bien-je-vous-remercie », selon l'expression de Mrs Arbuthnot, et chacun imaginait lady Swayne en train de passer sa robe de brocart.

« Voulez-vous rester dîner avec moi ? demanda Mrs Palfrey à Ludo. Oh, les manches sont trop longues. C'est irrémédiable.

– Il est magnifiquement chaud, et je l'adore.

– Vous restez ?

– Je crains fort de ne pas pouvoir », répondit-il. Elle se demanda si c'était parler comme lady Swayne : craindre fort ce qui pouvait lui faire grand plaisir. « J'attends quelqu'un chez moi », ajouta-t-il.

Mrs Palfrey fut très surprise, ayant imaginé qu'il menait une vie d'ermite dès qu'il rentrait de Harrods, pour écrire, écrire.

« Une nana », dit-il en plissant les yeux d'un air malicieux, affectueux.

« Une nana », répéta-t-elle pour se donner un peu de temps, en plongeant de nouveau son nez dans le bouquet de violettes.

« Qui s'appelle Rosie. »

A cet instant, une lady Swayne en brocart sortit de l'ascenseur. Mrs Palfrey, à qui il avait pu arriver, au cours de sa vie, de réagir avec majesté, mais sûrement jamais de façon gracieuse, tendit brusquement ses violettes en avant lorsque lady Swayne s'arrêta près d'elle.

« Une bouffée de printemps », déclara-t-elle. Elle manque de coordination, songea Ludo, comme un robot qui fonctionne de travers. Lady Swayne en tira immédiatement parti, avec un geste ample et élégant. « Exquis, chuchota-t-elle d'un ton d'une infinie légèreté. Mais elles se fanent si vite, hélas !

– Mon petit-fils », lança Mrs Palfrey, égarée, en désignant Ludo de la tête.

« J'ai entendu parler de vous, j'ai entendu parler de vous.

– Desmond, déclara fermement Mrs Palfrey. Lady Swayne.

– Vous êtes au British Museum, je crois », dit lady Swayne.

Mrs Palfrey s'affola, mais Ludo n'hésita que très brièvement. « A ma courte honte », répondit-il en souriant. Il avait souvent espéré pouvoir utiliser cette expression assez obscure, qui figurait parmi les préférées du Major.

« Connaissez-vous Carr Templeton ? »

Mrs Palfrey était à présent hypnotisée, comme un lièvre débusqué. « De nom seulement », répondit Ludo. Il avait rapidement jaugé lady Swayne et s'était dit que Carr Templeton devait être important, autrement elle ne l'aurait pas mentionné. « Je ne suis pas encore parvenu à ce niveau », dit-il, et il faillit ajouter « à ma courte honte », mais se reprit. Il aurait pu s'en sortir en déclarant travailler dans une autre section, s'il avait connu la fonction exacte de Carr Templeton. Mais il ne savait même pas celle qu'il était censé occuper lui-même, et se dit qu'il lui faudrait étudier de près l'organigramme du British Museum.

« Vous êtes jeune, disait aimablement lady Swayne. Votre heure viendra.

– Ma grand-maman va m'offrir un verre de xérès. » (“A ma courte honte” aurait été merveilleusement indiqué, là aussi.) Il recula et prit le bras de Mrs Palfrey.

« C'est très gentil, déclara lady Swayne. Votre grand-mère passe des soirées si calmes, si tranquilles, vous allez lui changer un peu les idées. Contrairement à la pauvre petite chose que je suis. (Elle mesurait près d'un mètre soixante-dix et avait des épaules de bison.) On m'entraîne dans la vie mondaine de Londres d'une façon qui conviendrait mieux à une débutante qu'à une vieille dame fatiguée. Oui, Summers, un taxi, s'il vous plaît. Ce soir... – elle soupira – on m'attend au Savoy. » Puis, à la grande délectation de Ludo, elle ajouta : « A ma courte honte. » C'est contagieux, se dit-il.

Ils la laissèrent faire les cent pas tandis que, dehors, le malheureux Summers arpentait le trottoir, agitant les bras et lançant de stridents coups de sifflet dans le crépuscule, sans le moindre succès.

Mrs Palfrey et Ludo se rendirent dans la partie bar du salon et, après un coup de sonnette, Antonio, le vieux serveur, arriva en traînant les pieds. « J'ai toujours pensé qu'Antonio est un nom qui évoque un jeune homme, chuchota Mrs Palfrey après avoir commandé. Vous vous êtes magnifiquement sorti de cette épreuve, mon cher garçon. »

Elle déposa avec soin les violettes sur la table. Elles se racornissent déjà, remarqua Ludo, moins rapide que lady Swayne, à qui un seul coup d'œil avait suffi.

« Je suis navrée de vous plonger dans un tel océan

de mensonges, déclara Mrs Palfrey dignement.

– J'adore ça, dit-il. J'adore les dangers, ceux du moins qui ne risquent pas de vous envoyer en prison.

– Oh, j'espère que non ! Si j'avais pensé un seul instant que…

– Une crème de sherry et un *Tio Pepe* », annonça Antonio. Les mains qui tenaient le plateau tremblaient – comme la plupart des mains au Claremont, se dit Ludo. Il posa ses propres mains sur ses cuisses et tenta furtivement d'évaluer la somme qu'il avait en poche.

« Laissez-moi régler, je vous en prie, dit-il. Après tout, c'est moi qui l'ai proposé.

– Il n'en est pas question », protesta Mrs Palfrey. Ludo était certain qu'elle réagirait ainsi. « Je suis tout à fait enchantée de vous voir.

– Tellement gentil de votre part, murmura-t-il en tapotant le pull. Personne ne m'a jamais rien tricoté ; ah si, ma mère affirme m'avoir fabriqué des culottes longues quand j'étais petit. Une fois cousues, il y avait deux jambes gauches. Mais rien à faire : il a fallu que je les porte. Elle y a glissé de force mes petites jambes, et c'est depuis ce temps-là que je marche comme ça. » Il se leva et fit quelques pas, les pieds en dedans. Toujours ces souliers dangereux, nota Mrs Palfrey.

« Vous me faites mourir, vraiment ! » s'écria-t-elle en éclatant de rire. Elle n'avait pas ri depuis longtemps.

Mrs Burton, assise un peu plus loin, se mit elle aussi à rire en renversant la tête en arrière, manifestement désireuse de participer.

« Un peu bohème, tout de même », murmura, à l'autre bout du salon, Mrs Post derrière son tricot à l'intention de Mrs Arbuthnot.

Ludo revint près de Mrs Palfrey, lui tapota la main et s'assit de nouveau près d'elle.

Il but quelques gorgées de xérès, puis dit à voix basse : « Je m'interroge sur vos amies, là-bas. »

Elle lut une inquiétude sincère sur le visage qu'il tourna vers elle. « Sont-elles vraiment gentilles ? Aussi gentilles qu'elles devraient l'être avec vous, je veux dire ? »

Cette nuit-là, elle resta longtemps éveillée, dégustant la phrase – *Aussi gentilles qu'elles devraient l'être avec vous, je veux dire ?* On lui avait déjà déclaré des choses adorables au cours de sa vie, dans un lointain passé. Et de tels trésors, songeait-elle, personne ne peut vous les voler.

Et cette fille, Rosie, la nana, se souvint-elle. Est-elle toujours chez lui ? A l'instar d'une épouse délaissée, éperdue, elle alluma la lampe et consulta sa montre. Une heure et demie. Elle sourit paisiblement, son petit accès de dépit surmonté. Elle a dû le quitter depuis longtemps. Il a promis de revenir me voir dimanche prochain, pensa-t-elle ; et c'est là-dessus qu'elle finit par s'endormir.

# Chapitre 9

Ludo était installé chez Harrods, un après-midi de printemps. On avait transformé le hall d'exposition en jardin, avec des massifs de fleurs et du gazon d'un vert éclatant ; les fontaines ruisselaient parmi les azalées, les œillets et les lis en fleurs. Voix étouffées et admiratives des visiteurs qui se penchaient pour lire les étiquettes et humer les roses. Un disque de chants d'oiseau en fond sonore. Assis derrière les ascenseurs, Ludo l'entendait.

Il avait pris place sur un canapé mou, près d'une femme de l'aristocratie terrienne comme il s'en trouvait tant chez Harrods – en ville pour la journée, visite chez les médecins de Harley Street, courses dans les magasins, et complètement épuisée.

Il ne parvenait pas à se mettre au travail. Il ferait bientôt assez chaud pour rester chez lui toute la journée. Même s'il était difficile de se concentrer dans une salle pleine de monde – tel était le cas ce jour-là, pour quelque obscure raison – l'idée de passer de longues heures solitaires derrière les barreaux de son sous-sol le rebutait. Regarder des pieds au-dessus de lui, comme hypnotisé, essayant d'imaginer des corps qu'il ne pouvait voir.

Il entreprit alors d'examiner les jambes de la femme assise près de lui – chaussures à lacets couleur pain d'épice, bas faisant des plis, une bande propre autour d'une cheville. Son regard remonta lentement, sournoisement. D'un coup d'œil vif, en coin, il nota mentalement les boutons de cuir tressé sur un tweed dans les tons bruyère, et les gants d'aspect militaire.

Rien de tout cela ne pouvait lui servir. Il était en train de perdre son temps, il le savait, et cela l'emplissait du terrible désespoir qui ravage tout écrivain conscient de cette réalité. Il tenta de se persuader que c'était dû au fait de ne pas avoir trouvé de fauteuil. Pendant qu'il était aux toilettes, quelqu'un lui avait pris sa place. Il lui fallait parfois s'embusquer pour parvenir à s'approprier un siège confortable, faisant mine d'étudier les incompréhensibles taux de la Bourse, puis se baladant d'un air distrait, jusqu'à ce que l'un des « bien assis » aperçoive enfin la personne attendue ou se sente assez reposé pour réunir ses paquets et s'en aller. Alors il ne faisait qu'un bond, comme s'il jouait aux chaises musicales. Il était devenu expert dans l'art de deviner qui allait partir en premier.

Il s'adossa au canapé et ferma les yeux. On entendait une machine à écrire – un cliquetis saccadé. Couvrant le bruit des chants d'oiseau, les voix des dames manœuvrant les ascenseurs stridulèrent un « Pour monter » fort distingué.

Il lança un nouveau coup d'œil en biais. La femme portait une serre d'aigle en argent au revers de sa veste. Il était difficile de lever davantage les yeux sans la dévisager et, peut-être, croiser son regard. Il changea de position, toussota et la considéra rapidement, l'air de surveiller l'ascenseur, derrière elle, dans l'attente d'une personne de connaissance. Un béret de laine brune au crochet. Elle tourna la tête. Lunettes à verres très épais, nota-t-il en se détournant à son tour pour consulter l'horloge, afin de souligner son attitude d'attente, voire d'impatience.

Comme lassée d'être étudiée, la cliente soupira, s'agita, puis se reprit et se leva, avant de s'éloigner en boitillant. Cheveux poivre et sel.

Il griffonna *Cheveux poivre et sel*, afin d'écrire quelque chose. Il se remit ensuite à regarder autour de lui, examinant les gens qui déambulaient, et ceux qui étaient assis. *Physionomie*, inscrivit-il au-dessus de *Cheveux poivre et sel*, en le soulignant. De temps en temps, il ajoutait un terme à sa liste, comme s'il menait une enquête sérieuse. *Fossette au menton, front fuyant, nez bourbonien* et *joues mangées de barbe*. En se contentant de réagencer ces mots, il pourrait en faire un poème plus tard, se dit-il. Il ne connaissait rien à la poésie, en dehors de son expérience d'assistant metteur en scène pour la *Cocktail Party*, lorsqu'il faisait partie de la troupe de répertoire. *Dos rond*, écrivit-il. *Nez en pied de marmite, taille de guêpe* et *pied bot*. Il cessa de regarder autour de lui et poursuivit son jeu mental avec *queue de cheval, pattes d'oie* et *bec de lièvre, tête de pioche, mollet de coq,* et *ventre à terre. Bouche cousue, fine gueule. Sur les dents, dent de sagesse, dent de peigne. Sourd comme un pot.* Arrêté par l'étrangeté de l'expression, il s'interrompit. Que pouvait bien signifier *sourd comme un pot* ? se demanda-t-il en fronçant les sourcils. *Un œil qui joue au billard et l'autre qui compte les points*, consigna-t-il rapidement en apercevant quelqu'un affligé de ce travers.

« Je vous ai apporté une tourte au bœuf et aux rognons », déclara Mrs Palfrey, debout devant lui.

Avec une hâte confuse, tel un écolier surpris en train de lire une revue pornographique, il cacha derrière son dos ce qu'il avait écrit et se leva.

« Une tourte au bœuf et aux rognons ? répéta-t-il.

– Je vous ai aperçu en me rendant à l'alimentation pour acheter des biscuits aux raisins de Corinthe. J'en grignote souvent, la nuit, quand je n'arrive pas à dormir. Ensuite je suis allée voir les gâteaux de mariage – j'ai toujours trouvé que les pièces montées annoncent le printemps. J'adore les regarder – et, au même moment, on a apporté des tourtes fraîches. Je me suis dit : “Idéal pour le dîner de Desmond.” Elle est encore chaude, en fait ; mais il faudra la passer un peu au four. » Elle lui tendit le paquet, le regard brillant de plaisir. « *Faire les yeux doux* », songea-t-il, comme s'il était désormais atteint d'un tic.

« Asseyez-vous, je vous en prie », dit-il en désignant le canapé d'un mouvement de la tourte.

« Non, non, je ne veux pas interrompre votre travail. »

Aucun sarcasme dans sa voix. Elle ne pouvait pas savoir ce qu'il avait écrit, après tout.

« J'ai un blocage, dit-il. Asseyez-vous et parlons un peu, ça me ferait plaisir. »

Elle prit place sur le canapé, s'installa posément et sourit.

« Vous êtes vraiment trop gentille », dit-il en considérant la tourte enveloppée. Il s'assit à son tour, et posa avec précaution le paquet sur ses genoux, les pages écrites maintenant enfournées dans sa poche.

« Vous avez été gentil avec moi, vous aussi, répondit-elle, et à maintes reprises.

– Je vais me régaler, en tout cas. Je ne sais même plus à quand remonte la dernière. Je parle des tourtes. Et si vous veniez la partager avec moi ? (Mais qu'est-ce que je raconte ? se demanda-t-il. Il semblait incapable de se maîtriser, ces temps derniers.) Je suis dans une telle impasse par rapport à l'écriture que j'ai besoin de compagnie. » La soirée serait gâchée de toute façon : Rosie était à son cours de judo.

Mrs Palfrey rougit.

« Je ne peux pas accepter, dit-elle.

– Je ne vois pas pourquoi. Cette tourte suffira bien pour deux, non ?

– Vous ne souhaitez pas sérieusement la compagnie d'une vieille dame.

– L'âge, vous savez, ne signifie pas grand-chose pour moi, affirma Ludo, désinvolte et rassuré par sa propre jeunesse. Et c'est moi qui vous l'ai proposé », ajouta-t-il.

Mrs Palfrey, qui venait manifestement d'accepter l'invitation, était maintenant écarlate. « Dans ce cas je vais aller chercher un peu de fromage. C'est une excellente idée, expliqua-t-elle, enthousiaste : je regarde toujours les fromages et je n'ai jamais l'occasion d'en consommer. Tenir une maison et faire des courses, ce sont des choses qui manquent. Laissez-moi m'en occuper », insista-t-elle comme il avait l'air de vouloir l'accompagner. Elle pensait acheter d'autres choses en même temps – des biscuits digestifs et des chocolats à la menthe, ainsi que tout ce dont elle aurait envie.

« Vous préférez un fromage en particulier ? demanda-t-elle.

– Je les aime tous. Choisissez à votre guise. Mais j'insiste pour payer.

– J'ai une carte d'achat chez Harrods », répondit Mrs Palfrey comme si, de ce fait, l'argent n'entrait pas en ligne de compte.

« Il reste une boîte de haricots chez moi », dit Ludo, s'efforçant d'apporter sa participation au festin.

« Magnifique ! » s'exclama Mrs Palfrey avant de s'éloigner ; elle marchait beaucoup mieux depuis l'arrivée du printemps.

Ludo s'adossa au canapé et la suivit du regard, se demandant comment se déroulerait la soirée. La chaleur de la tourte sur ses genoux était réconfortante. Il espérait qu'elle n'allait pas se renverser. Il en sentit l'odeur à travers le papier et constata qu'il avait faim.

Mrs Palfrey revint avec un sac en plastique de chez Harrods. Elle le posa avec précaution près de lui et déclara : « Vous pourriez y mettre vos sandwiches et vos feuilles de papier. Vous auriez l'air plus authentique. Comme client, je veux dire.

– Vous pensez à tout. »

En effet, quand il s'agit de toi, mon cher Desmond, songea Mrs Palfrey. J'essaie de te devancer, de découvrir ce qui te ferait plaisir. Elle se sentit soudain fatiguée, exténuée d'amour. Une tasse de thé et quelques instants de repos sur son lit, au Claremont, lui feraient le plus grand bien, se dit-elle ; ensuite elle passerait son ensemble grenat et irait parader un peu devant les autres. « Je ne dîne pas ici, ce soir », dirait-elle.

« J'espère que vous pourrez transporter tout ça, déclara-t-elle à Ludo. Je n'y parviendrai pas, moi, c'est certain. Il vaudra mieux poser la tourte sur le dessus.

– Aucun problème. J'ai assez de force. En fait, je pourrais même vous emporter dans mes bras, vous, comme si vous n'étiez qu'un bébé », affirma-t-il avec – pour quelque obscure raison – un accent irlandais. Une cliente, assise près de lui, se retourna brusquement. Mrs Palfrey et Ludo, devant sa réaction, échangèrent un long regard en retenant leur rire.

« A quelle heure ? » chuchota-t-elle comme l'aurait fait une jeune fille.

« Sept heures et demie, huit heures », chuchota-t-il en retour.

Elle se dirigea à pas lourds vers l'entrée principale

afin que le chasseur lui arrête un taxi. Elle dépensait sans compter, ce jour-là ; mais cela n'arrivait pas souvent, se dit-elle en traversant le rayon joaillerie, puis celui des gants.

« Sept heures et demie, huit heures. » Elle sourit. Quel drôle de garçon ! Elle regretta de n'avoir pas eu de fils. Mais il serait âgé, à présent. Son petit-fils ? Il y avait toujours Desmond, le véritable Desmond. Elle haussa les épaules. Quelqu'un lui ouvrit la porte de verre. Il n'y avait jamais eu de Desmond, et c'était aussi bien.

« Au revoir, madame. Merci. Au plaisir de votre prochaine visite. Bonne journée », dit le chasseur avec un signe de tête en refermant la main sur sa pièce de six pence, souriant. Elle donnait six pence de pourboire. Elle l'avait toujours fait.

C'était une magnifique soirée de printemps. Il faisait jour si tard, constataient les gens. Les jours rallongeaient. Derrière les lilas en bourgeons du jardin public, sur la place, d'énormes cumulus réfléchissaient le soleil couchant, tels une chaîne montagneuse des Alpes. Mrs Palfrey, les yeux mi-clos, imaginait des sommets neigeux. Elle fit une légère embardée, puis redressa le cap. Elle éprouvait un bonheur intense, même si personne ne s'était trouvé dans le hall de l'hôtel pour la voir partir. Aucune importance : son absence serait remarquée au dîner.

Les étourneaux, perchés en bandes sur les corniches des immeubles, menaient grand tapage. A un coin de rue, un homme poussait une voiture des quatre saisons chargée de jonquilles et d'iris, et la carriole était ornée d'une herbe artificielle merveilleusement plus brillante que le piètre gazon des pelouses du square. On faisait effectuer aux petits chiens leur promenade vespérale, et les passants déambulaient, regardant à travers les grilles les arbustes bourgeonnants, admirant certains détails comme s'ils les voyaient pour la première fois.

En descendant avec prudence les marches qui menaient au sous-sol de Ludo, Mrs Palfrey l'aperçut dans la pièce éclairée, préparant la table.

Il lui ouvrit la porte, la débarrassa de son manteau et la complimenta sur son collier de perles, comme s'il ne trouvait rien d'autre à dire. Mrs Palfrey, déçue, constata soudain qu'une certaine gêne s'installait entre eux. Elle toucha nerveusement ses perles, s'avança vers le chauffage à gaz et frotta ses mains l'une contre l'autre, bien qu'elle n'eût pas froid. Il la regardait. Des veines couleur d'étain se ramifiaient au dos de ses mains diaphanes. Il la détailla soigneusement tandis qu'elle se penchait vers le feu : ses lourdes bagues, son mouchoir bien repassé glissé dans sa manche, la chair plissée et pendante de sa mâchoire. Elle avait pris la vieillesse comme elle était venue, et l'avait laissée arriver à grands pas.

Elle sentit qu'il la regardait et redressa les épaules, malaisément, avec quelques craquements, à l'instar d'un vieil arbre sous les rafales du vent. Il détourna son regard et entreprit de s'occuper du couvert, réorganisant ce qu'il avait déjà déposé : assiettes (aucun moyen de les chauffer, songea-t-elle, sinon en les posant sur le sol devant le radiateur à gaz), couteaux et fourchettes disparates, Kleenex en guise de serviettes. Il s'était mis en quatre ; s'était peut-être même tracassé. Il y avait également une demi-bouteille de rosé ; deux verres, dont l'un était remplacé par un pot de yaourt en carton.

« Pas eu le temps d'aller à la banque sortir l'argenterie du coffre », dit-il, en se reculant pour contempler la table.

« Je trouve cela très amusant », déclara-t-elle. Vraiment ? se demanda-t-elle. Une fois les mots prononcés, elle n'osa pas les approfondir.

La tourte chauffait – mais ne serait jamais à la bonne température – sur une plaque d'amiante posée sur le radiateur. Mrs Palfrey, qui s'était attendue à trouver un four, se disait que la tourte était une source d'embarras. Et elle l'avait contraint à faire des dépenses pour le vin, de sorte que c'était elle, en fait, la source d'embarras.

Il s'écarta de la table et elle s'approcha de la fenêtre, contemplant la rue sombre. Personne n'y passait.

« Je crois bien que ça vient de Chypre… c'est chypriote, dit-il en lui tendant un petit verre sur lequel était peint "*olé* ". Rien à voir avec votre crème de sherry habituelle. »

Mon dieu ! Et du xérès, en plus ! songea Mrs Palfrey, défaillante de honte.

« Sur le mien, il y a "*Sköl* ", reprit Ludo en levant son gobelet. Ils font partie des objets qui ont été abandonnés ici, et je les trouve charmants. "*Salute*" est cassé. A votre santé, Mrs Palfrey, grand-maman !

– Et à la vôtre ! dit-elle.

– Ce n'est pas trop infect ? demanda-t-il anxieusement.

– Tout à fait délicieux », affirma-t-elle. Puis, annulant presque ce qu'elle venait de dire, elle ajouta : « Je ne distingue pas vraiment un xérès d'un autre.

– Je me demande parfois quelle sorte de personne vivait ici auparavant, pour les avoir achetés – ces verres – et laissés en partant. Difficile d'imaginer qu'ils sont fournis par le propriétaire, non ? Les objets n'ont pas beaucoup d'importance pour moi ; ou plutôt, qu'ils soient beaux ou laids, ils m'intéressent de la même façon.

– C'est que vous êtes un écrivain », déclara Mrs Palfrey d'un ton solennel, les joues empourprées, comme si elle venait de toucher à quelque chose de sacré.

Il n'y avait jamais eu de femme de ce genre dans la vie de Ludo – pas de tante gâteau, ni de nurse réconfortante ou de grandes sœurs qui l'adoraient. Rien que sa mère et lui, vivant dans un espace trop étroit et se querellant. Il ne connaissait personne témoignant de ce respect intimidé pour les écrivains. Le Major lui avait affirmé un jour que, dans moins de cinq ans, plus aucun citoyen ne lirait. Dans l'avenir, des archéologues réfléchiraient et débattraient sur la question de savoir *à quoi* servaient les livres. « Il ne restera que la télé ; des supports visuels. » « Dans ce cas pourquoi publie-t-on davantage de livres chaque année ? » avait demandé Ludo, que le Major agaçait comme d'habitude. « Montre-moi les chiffres, gamin. Montre-moi les chiffres. »

« Pourquoi avez-vous l'air si contrarié ? lui demanda Mrs Palfrey. J'ai l'impression que c'est vous qui n'appréciez pas ce xérès.

– Je l'adore. Mais je viens de penser à quelqu'un que je suis loin d'adorer. L'amant de ma mère – le Major. »

Comme envahi de panique, il saisit la fiasque d'Aphrodite (demi-sec) et emplit de nouveau son verre.

« Seigneur ! Si je bois tout ça, il me faudra un taxi pour rentrer.

– Et alors ? Nous en avons bien trouvé un l'autre jour.

– Quelle étrange amitié que la nôtre », murmura-t-elle en détournant les yeux, avec un mouvement maladroit.

Ludo songeait à l'homme, son époux, qui avait dû la courtiser en une lointaine époque, et s'émerveilla de son courage. L'esprit des bâtisseurs de l'Empire britannique. Il n'avait cessé de lutter, sans se laisser intimider, et s'était trouvé quelqu'un de brave et de dévoué. Un acquis non négligeable.

Le xérès avait brisé la glace, ainsi qu'il l'avait espéré.

Le repas fut relativement réussi.

Après avoir préparé du café, Ludo voulut répondre à un questionnaire-jeu proposé par un journal qu'il avait trouvé sur un fauteuil, chez Harrods. Il lui posait des questions, la regardant fixement, le crayon pointé, prêt à faire une croix dans la bonne case, les sourcils levés d'un air interrogateur.

« Préférez-vous inviter ou être invitée ? »

Elle ne pouvait envisager la question que par rapport à lui. « J'ai adoré cette soirée où vous êtes venu dîner au Claremont ; mais je dois avouer que je préfère être ici, répondit-elle.

– Vous attendez quelqu'un qui est très en retard. Dans ce cas, (a) vous prenez votre mal en patience et ne faites aucune réflexion lorsqu'il (ou elle) arrive, afin de ne pas gâcher la soirée ; (b) vous attendez stoïquement et vous explosez lorsque le retardataire se présente enfin ; (c) vous rentrez chez vous ? »

Très sérieuse, elle réfléchit à la question, s'efforçant de fournir une réponse véridique.

« Prenez un chocolat à la menthe », dit-il en poussant la boîte vers elle sur la table.

Elle s'exécuta et, avant de le porter à sa bouche, déclara : « Je sais que vous ne me feriez pas attendre, sauf en cas de force majeure. J'attendrais donc patiemment, afin que nous puissions terminer agréablement la soirée.

– Mais non, pas seulement avec moi, rectifia-t-il. Avec n'importe qui, de façon générale.

– Il n'y a personne d'autre, dit-elle. Je ne peux pas imaginer une autre personne. »

Il cligna des paupières, et poursuivit son interrogatoire d'un ton neutre.

« Vous arrive-t-il de ne pas respecter votre parole ?

– Non, dit-elle sans hésiter.

– Estimez-vous être optimiste ?

– Oui, je crois. » Elle ne lui expliqua pas à quel point de pessimisme il fallait en être arrivé pour avoir besoin du genre d'optimisme dont elle disposait désormais.

« En cas d'invitation imprévue, vous précipiteriez-vous chez votre coiffeur ? » demanda-t-il d'une voix basse, sans enthousiasme.

Joyeusement, elle s'écria : « Je vais chez le coiffeur tous les vendredis. »

Il se mit à comptabiliser ses réponses, et elle resta assise, songeuse.

« Vous avez des aptitudes normales pour l'amitié », annonça-t-il.

« Je ne l'aurais pas cru, dit-elle en souriant. Pas après ce que je viens d'avouer. Naturellement, je trouvais plus facile de me faire des amis du vivant d'Arthur – les autres couples, vous comprenez. Nous allions dîner les uns chez les autres. Pour les veuves, ce n'est pas pareil : on ne les invite qu'aux grandes soirées où les chiffres qui portent malheur ne comptent pas et qui, de plus, sont plutôt rares. Et ensuite, quand on vieillit, les gens meurent, ou sortent de votre vie pour diverses raisons. Il ne reste pas grand-chose. Et si je vous posais les questions, maintenant, à mon tour ?

– Non, je connais le sens des réponses. Je crois que mes résultats auraient été sensiblement identiques aux vôtres. »

D'une voix rêveuse, Mrs Palfrey reprit : « Parfois, quand j'étais jeune mariée, j'avais hâte d'être libérée – ne plus avoir d'enfant à élever, être débarrassée des obligations sociales, tous ces devoirs-là, vous voyez ? Et libérée aussi des soucis à propos des êtres chers – les maladies infantiles et les parents âgés, les ennuis d'argent, tout le monde éprouve à un moment donné le désir de... de ne plus entendre parler de tout ça. Mais ce n'est vraiment pas souhaitable – et j'ai compris que c'était la seule façon d'être libre – ne servir à rien. » Il parut sur le point de l'interrompre, mais elle poursuivit doucement, faisant tourner ses bagues autour de ses doigts, fixant les flammes du regard : « Ma fille n'a plus besoin de moi – en vérité, ce qu'elle redoute le plus, c'est que ce soit un jour l'inverse. Vous avez vu à quel point Desmond a besoin de moi. Et je ne connais personne qui puisse aujourd'hui être un fardeau pour moi.

– D'une certaine façon, déclara Ludo, espérant se souvenir de cette conversation pour un usage futur, d'une certaine façon, j'ai besoin de vous, moi. »

Elle rougit légèrement, sembla troublée, et se mit à rire. « Je ne crois pas », dit-elle, ignorant tout, bien entendu, de ce qu'il voulait dire par là.

« Je n'ai pas beaucoup d'amis, constata-t-il, l'air surpris d'en prendre conscience. Il faut de l'argent pour avoir des amis. Ils possèdent tous des voitures, ils ont un métier – ceux que je connaissais.

– On doit faire en sorte de ne pas perdre d'amis.

– Je ne peux pas y faire grand-chose.

– De quoi vivez-vous exactement ? » demanda-t-elle gentiment, estimant que son grand âge lui autorisait cette question.

« De presque rien. J'ai un peu d'argent qui me vient de ma grand-mère. Mon autre grand-mère, répondit-il. Celle qui est morte dernièrement. Vous êtes la troisième et unique survivante de mes grands-mères. »

Je lui laisserai un peu d'argent, il sera surpris, décida Mrs Palfrey. Elle pensait à la mort de plus en plus fréquemment au fil des mois, tout en la redoutant moins. Elle pourrait prendre ses dispositions sans tristesse ni affolement.

« Vous êtes jeune, dit-elle. Ce n'est pas encore très important. Mais quand on vieillit, c'est agréable de mener une existence confortable. Pouvoir s'offrir le Claremont, au lieu de vivre seul dans une pièce. »

Pour la première fois, il comprit qu'on pouvait vivre assez longtemps pour trouver le Claremont appréciable.

« Rosie, murmura timidement Mrs Palfrey. Voilà au moins une amie – vous me l'avez dit vous-même.

– Je la connais à peine, répondit Ludo (sinon au sens biblique, ajouta-t-il mentalement.)

– Si nous faisions la vaisselle ?

– Non. Je m'en occuperai plus tard.

– Dans ce cas, je crois que je vais vous laisser.

– Je vais aller vous chercher un taxi.

– Mais non, mon petit. Marcher me fera du bien.

– Alors je vous accompagne, ça ne me fera pas de mal non plus.

– Ma soirée la plus agréable, je crois, depuis qu'Arthur est mort », déclara-t-elle tandis qu'il l'aidait à passer son manteau.

Il ouvrit la porte. Une petite pluie fine tombait

silencieusement sur les couvercles des poubelles et les grilles, et il alla chercher un parapluie plutôt abîmé, autre relique d'un précédent locataire.

« Ce n'est pas grand-chose », dit-il, parlant de la pluie.

Il lui prit le bras et la guida sur le trottoir mouillé, l'abritant sous le parapluie tout en lui jetant des regards en coin, ainsi que le font les jeunes avec les vieux, pour s'assurer qu'ils ne vont pas s'évanouir ou s'effondrer d'une minute à l'autre.

Une autre odeur, froide, montait des jardins – la pluie sur l'herbe acide, humidifiant le gravier et les graines rejetées par le vent dans les allées, et les angles vifs des petites feuilles naissantes.

Il la reconduisit jusqu'au perron du Claremont, puis entra dans le hall. Elle se fit un peu remarquer, lui disant « bonne nuit » et « merci encore », en prenant des poses comme une enfant. Le directeur, qui se trouvait là par hasard, la salua cordialement ; Mrs Post attendait l'ascenseur, après une soirée très morne, son tricot roulé sous le bras ; Mr Osmond, qui avait arraisonné un Américain de passage pour la nuit, lui montrait l'extrait de sa lettre paru dans l'*Evening News*.

Mrs Palfrey parvint à faire une entrée magnifiquement réussie. Ludo, qui l'avait compris, lui envoya un baiser de la main en s'engouffrant dans la porte à tambour.

Merveilleusement heureuse, elle monta se coucher.

Ludo, lui, se hâta de rentrer pour prendre des notes.

## Chapitre 10

Plein été ; Mrs Arbuthnot quitta le Claremont. L'endroit décline, dit-elle. Des touristes à toute heure du jour. Plus rien de commun avec l'hôtel qu'elle avait connu naguère. « Nous jouions au bridge, déclara-t-elle mélancoliquement. Il y avait même une comtesse douairière. » En réalité, Mrs Arbuthnot était devenue incontinente et, le plus courtoisement possible (mais une telle situation n'était guère propice à la courtoisie), on la pria de prendre d'autres dispositions.

Elle resta dans le vague sur sa destination et parla d'un petit hôtel tranquille dans la banlieue de Londres – en réalité une maison de santé pour personnes âgées où, jusqu'à la fin de ses jours, elle devrait partager une chambre minuscule avec quelqu'un d'autre. Infatigables, ses sœurs avaient finalement trouvé cette solution, à sa grande humiliation.

« J'aurai enfin la paix », dit-elle en regardant passer les voitures, assise sur l'une des chaises du perron, attendant ses sœurs. Valises bouclées, dans le hall. Elle avait les larmes aux yeux.

« Pourrais-je vous rendre visite ? » demanda Mrs Palfrey, impulsivement. Elle était sortie pour lui faire ses adieux, et offrir son aide le cas échéant.

Mrs Arbuthnot tourna la tête avec peine et contempla les pieds de Mrs Palfrey, évitant de regarder son visage. « Je ne vois pas ce que l'une ou l'autre y gagnerait », répondit-elle.

Elle souffrait le martyre, et recrachait ses tourments là où elle le pouvait. Personne ne devait savoir ce qu'elle avait enduré : ces rêves du milieu de la nuit où, après avoir erré dans un hôtel labyrinthique, elle découvrait des toilettes et se soulageait enfin – Ah ! quelle euphorie ! – pour se réveiller dans un lit trempé, incapable de bouger, totalement impuissante. Cette situation ne pouvait durer, elle le savait. Cela s'était produit trois fois. Une gentille petite bonne irlandaise avait tenté de l'aider, mais la femme de chambre avait fini par s'en rendre compte. Maintenant, il fallait payer quelqu'un pour nettoyer derrière elle ; et bientôt, comme si ce n'était pas suffisant, on devrait lui mettre ses souliers, l'aider à quitter son fauteuil.

Mrs Post, qui partait en promenade, s'arrêta elle aussi sur le perron. Malgré la chaleur de l'après-midi, elle portait son manteau en simili fourrure rayée (que Mrs Arbuthnot trouvait parfaitement ridicule). Tant qu'à me contenter d'une imitation, songeait Mrs Arbuthnot pour se consoler, je ne choisirais pas du petit-gris.

« N'oubliez pas de me laisser votre adresse, recommanda Mrs Post ; je vous écrirai un petit mot de temps en temps pour vous raconter ce qui se passe ici. » Le Claremont, à l'entendre, était au centre de toute vie.

« Je vous l'enverrai, répondit Mrs Arbuthnot. Si je trouve l'hôtel à mon goût – autrement j'irai ailleurs. » Elle ne les reverrait plus, n'entendrait plus jamais parler d'eux. Elle y était fermement résolue.

Encore assombrie par la rebuffade qu'elle venait de subir, Mrs Palfrey lui fit ses adieux d'un ton guindé et rentra écrire une lettre à sa fille. Le départ de Mrs Arbuthnot laissait planer une indéfinissable mélancolie. Mrs Palfrey se demanda si les raisons invoquées étaient bien réelles – si ce départ n'était pas dicté par des impératifs financiers.

Elle prit place devant le petit secrétaire. Le tiroir ne contenait qu'une feuille de papier à lettres. Le papier à en-tête du Claremont faisait l'objet d'un pillage systématique, dont Mr Osmond était le principal artisan.

« Chère Elizabeth », écrivit Mrs Palfrey. Elle sortit de son sac la dernière lettre de sa fille et la relut, lèvres pincées. Il y était question de la mise en bocaux des groseilles à maquereaux et du poids des saumons, de voisins que Mrs Palfrey n'avait jamais rencontrés, et de bacchanales écossaises difficiles à imaginer. Là-haut, dans le nord, ils ne pouvaient se défaire de l'habitude de rentrer chez eux « à point d'heure », quasiment à l'aube. Certes, les Ecossais étaient très résistants, Mrs Palfrey ne l'ignorait pas, et plus on va vers le sud, plus cette vigueur s'atténue ; mais Elizabeth et Ian n'étaient plus des jeunes gens et Elizabeth était née à Tunbridge Wells, dans le Kent, ce qui la desservait. Rien, dans son éducation, ne l'avait préparée aux débordements du *Hogmanay*, la Saint-Sylvestre écossaise, aux danses folkloriques ou aux parties de chasse, mais elle s'y était conformée comme si elle n'avait jamais désiré autre chose. Mrs Palfrey trouvait étonnant de réagir ainsi à des coutumes étrangères. Pour sa part, c'est uniquement à l'étranger qu'elle avait pensé en toute conscience « Je suis anglaise ». Elle avait pris soin de maintenir cette sorte de barrière, elle s'en souvenait à présent avec fierté, évoquant le passé au lieu d'écrire. Elle y avait puisé une consolation lorsqu'elle avait le mal du pays, et c'était aussi un moyen de braver sa peur et d'affirmer ses origines. Dans son enfance, elle avait l'impression que la quasi-totalité du monde était représentée en rose sur son atlas scolaire – « à nous », en fait. C'est presque tout à nous ! se disait-elle. Le rose, la couleur et le mot, symbolisait le bien-être et l'optimisme. Etre née dans une zone géographique ainsi coloriée témoignait d'une chance insigne. « Je vois la vie en rose et je suis enchantée d'apprendre que tu t'es habituée à ta nouvelle demeure », affirmait sa fille en guise de conclusion. Comme si je venais d'entrer au pensionnat, songea Mrs Palfrey. Depuis deux trimestres déjà.

« Merci de ta lettre », écrivit-elle. Elle marqua une pause. « J'ai été ravie d'apprendre… »

Il y eut un certain remue-ménage dehors et elle s'approcha de la fenêtre qui donnait sur l'entrée de l'hôtel. Elle écarta discrètement le rideau de voile, comme on le fait pour regarder passer un convoi funèbre. On aidait Mrs Arbuthnot à descendre et à s'installer dans une vieille Daimler.

Je ne la reverrai jamais, se dit Mrs Palfrey. Plus rien à redouter de cette langue de vipère. Mrs Arbuthnot disparut dans le flot de la circulation de Cromwell Road. Elle ne tourna pas la tête en direction de Mrs Post qui, sur le perron, agitait son mouchoir.

Summers, le concierge, remonta rapidement les marches en glissant dans sa poche son pourboire d'un florin ; et bientôt Mrs Post s'engagea dans Cromwell Road, très perturbée de ne plus avoir de courses à faire pour Mrs Arbuthnot.

« …que Desmond avait trouvé le temps de te rendre visite, écrivit Mrs Palfrey, de retour à sa table. C'est gentil de sa part, occupé comme il l'est. » Plutôt rosse, pensa-t-elle ; mais elle ne retoucha rien.

Au terme de toutes ces années, il n'y avait pas de véritable communication entre elle et sa fille. Leurs lettres frôlaient le burlesque, ou n'étaient qu'un échange de pure forme.

Mr Osmond entra et parut contrarié à la vue de Mrs Palfrey installée devant l'unique secrétaire. Il prit un magazine et le tripota nerveusement.

« Notre groupe est tristement réduit, remarqua-t-il.

– Oui, en effet, reconnut Mrs Palfrey en relevant la tête.

– Le soi-disant hôtel est en réalité une maison de santé, vous savez.

– Quel soi-disant hôtel ?

– Celui dans lequel Mrs Arbuthnot se rend. Et une maison de santé qui n'est pas de premier ordre, loin s'en faut. On la laissera mourir, là-bas : plus elle se détériorera, moins on prendra la peine de lui faire quitter son lit.

– Si c'est exact, nous pouvons être certains que Mrs Arbuthnot ne voulait pas que nous le sachions », fit observer Mrs Palfrey sur un ton que Mr Osmond trouva très suffisant.

« Mais c'est tout à fait exact.

– Mrs Arbuthnot vous l'a-t-elle dit en personne ?

– Non. Summers a mentionné l'adresse où faire suivre son courrier. Et il se trouve qu'une de mes vieilles cousines est morte là, au Braemar. J'étais allé la voir deux ou trois fois. Et je n'ai vraiment pas gardé une bonne impression de cet endroit. Mon épouse… » Il avait l'intention de parler de l'établissement de grande classe dans lequel sa propre femme avait achevé ses jours, mais en fut incapable. Son visage s'altéra. Il porta les doigts à sa moustache, puis jeta un coup d'œil sur le magazine.

« Pauvre Mrs Arbuthnot ! Elle devait être en bien

plus mauvais état qu'on ne l'imaginait », murmura Mrs Palfrey, bouleversée. Elle lui avait déjà pardonné sa réponse grossière sur le perron, et tout le reste.

Mr Osmond lorgnait ostensiblement la lettre qu'elle rédigeait, estimant qu'il était temps qu'elle la termine. « Navré de vous avoir interrompue », déclara-t-il.

Mrs Palfrey pencha de nouveau la tête, mais sentir Mr Osmond rôder autour d'elle l'empêchait de se concentrer. Elle écrivit quelques lignes supplémentaires – chantant les louanges du temps, adressant ses meilleures pensées à Ian – et conclut : « Avec toute l'affection de ta mère. »

Tandis qu'elle inscrivait l'adresse sur l'enveloppe, Mr Osmond la regarda anxieusement, espérant qu'elle n'allait pas entreprendre un autre courrier. Mais non, elle colla un timbre et se leva. Elle la posterait après le thé, dit-elle, amusée par l'impatience qu'il manifestait. Dès que la porte se referma sur elle, il se précipita sur le petit meuble et ouvrit le tiroir. Vide, à l'exception d'un morceau de buvard usagé. Il le referma violemment, très fâché, et partit à grands pas vers la réception, un « Monsieur le Ministre » bouillonnant dans sa tête, assorti des premières phrases d'une missive déjà presque entièrement composée – une réclamation furieuse adressée au ministre des Postes et Télécommunications, qui concernait les retards du courrier, avec force exemples circonstanciés. L'employée de la réception, suivant les instructions du directeur, lui tendit une seule feuille, une seule enveloppe, qu'elle sortit lentement d'un placard dont elle referma soigneusement la porte à clé.

Après avoir posté sa lettre, Mrs Palfrey prolongea sa promenade dans les rues poussiéreuses de l'été, loin de la circulation des heures d'affluence. Sa vie au Claremont était infiniment plus supportable depuis qu'il faisait chaud, le temps s'écoulait plus facilement. Elle éprouvait presque un sentiment de liberté. Mais ce jour-là, le départ de Mrs Arbuthnot l'avait assombrie. Mrs Palfrey ne pouvait s'empêcher de se voir elle aussi dans cette situation, s'imaginant clouée dans cet établissement de bas étage. Continuer malgré tout, songea-t-elle, comme elle se le répétait si souvent. Chaque jour, des années durant, elle avait appris des poèmes par cœur afin de prémunir son cerveau contre la redoutable perte de mémoire. Elle était maintenant résolue à prémunir son corps contre une invalidité similaire. En dépit de sa fatigue, elle dépassa le point où elle rebroussait chemin d'habitude, se dit qu'elle irait en flânant jusqu'à chez Ludo et rentrerait en faisant le grand tour.

Le monde pèse trop sur nous ;
Nous avons beau amasser ou dépenser,
Tôt ou tard nous restons sur le bas-côté
Tandis que nos forces s'étiolent.

Ses lèvres remuaient doucement tandis qu'elle tentait de se souvenir de la fin du poème du jour. Demain, elle l'aurait oublié. Seuls demeuraient les vers que, petite fille, elle avait appris par cœur.

De ce que tu nous offres, Nature, à contempler,
Il est fort peu de biens que nous pouvons garder ;

Et, cette fois, elle resta en panne. Cela lui arrivait souvent, ces temps derniers.

Ludo était déjà rentré. Elle l'aperçut qui traversait la pièce sombre, vêtu du pull-over qu'elle lui avait tricoté. Elle n'avait nullement l'intention d'aller chez lui, mais elle resta quelques minutes devant les grilles, le saluant par gestes.

Au lieu de Ludo, c'est une fille portant son pull-over qui s'approcha de la fenêtre et leva le visage pour regarder dans la rue, écartant les rideaux des deux mains.

Mrs Palfrey inclina brièvement la tête et reprit son chemin. Elle se sentait bouleversée sans comprendre exactement ce qu'elle éprouvait, sachant seulement qu'elle s'était rendue ridicule. Pour elle, il y avait quelque chose d'intime dans le fait de porter les vêtements d'autrui. Elle écarta cette pensée, le souffle coupé par la jalousie. Elle aurait dû aller ailleurs, prendre une autre direction. A présent, elle allait être contrariée toute la soirée. Elle vacilla sur le trottoir tant elle était troublée. Les petits sandwiches au concombre qu'elle avait pris pour le thé lui donnaient des renvois.

« Une vieille bonne femme qui faisait des signes devant la fenêtre, dit Rosie.

– Mrs Palfrey, expliqua Ludo lorsqu'elle la lui eut décrite. Tu sais bien, je t'en ai parlé. Elle voulait peut-être faire une petite causette. »

Il était allé à Putney voir sa mère, clouée au fond de son lit par ce qu'elle appelait une « grippe d'été ». On manquait d'air dans la chambre et Ludo n'avait cessé de consulter la pendule. Sa mère était dépeignée, les joues marbrées de plaques rouges. Le lit était jonché de mouchoirs en papier roulés en boule et de bouillottes froides. Sur la table de nuit, des flacons poisseux, des verres sales et une assiette avec un reste d'œuf. Le Major lui avait laissé un gin-vermouth et quelque chose à manger avant de partir travailler.

Ludo s'était assis au pied du lit, avait feuilleté *Woman's Own* pendant une demi-heure, puis refait une bouillotte et préparé un autre gin-vermouth : il estimait avoir accompli son devoir. Pendant que l'eau bouillait, il avait exploré le placard, tartiné de beurre de cacahuète l'entame d'un reste de pain frais et l'avait rapidement avalé. Sur un morceau de fromage, dans une assiette, s'étalait un duvet verdâtre d'un demi-centimètre d'épaisseur.

« Une drôle de situation, dit-il à Rosie. Aucun conjoint légitime ne la supporterait. Alors pourquoi s'en accommode-t-il, lui qui n'y est pas obligé ?

– Chacun ses goûts. Elle est peut-être exceptionnelle au lit. »

Ludo, profondément dégoûté, changea de sujet. « Tu portes mon pull ? remarqua-t-il.

– Il fait tellement froid ici. On se croirait dans les entrailles de la terre. J'ai préparé une salade.

– Un boulot honnête, comme dirait le Major. »

En quittant l'appartement de sa mère, il avait rencontré le Major en bas, qui rentrait plus tôt du bureau pour témoigner de son dévouement. Il portait un costume léger, froissé, de couleur claire et une cravate décorée de chopes. Sous le bras, il tenait une bouteille enveloppée de papier.

« Comment va la vie, mon petit gars ? Un tourbillon de plaisirs ? »

Ils avaient échangé quelques mots au sujet de celle que le Major appelait « notre invalide », puis ce dernier avait raconté une blague que Ludo trouva parfaitement obscène, avant de s'engager, poussif, dans l'escalier menant à son nid d'amour.

« Tu vois cet œuf ? dit Ludo à Rosie en lui montrant celui qu'il comptait battre en omelette. Si je dis que je vais le presser entre mes paumes, très fort, et qu'il ne se cassera pas, tu me crois ?

– Absolument pas.

– Le presser fort… très fort… » La coquille se brisa et du jaune d'œuf gicla sur le pantalon de Ludo.

Rosie le regardait fixement, médusée.

« Ça alors ! Je n'y comprends rien ! Ça n'est jamais arrivé. Normalement, c'est impossible de casser un œuf.

– Tu es complètement cinglé.

– Je te jure que je l'ai fait des centaines de fois. Bon sang, quel gâchis. »

Elle saisit un torchon humide et entreprit de nettoyer son pantalon, agenouillée devant lui, furieuse. Il contempla tendrement sa chevelure couleur poussière, qu'elle teignait toujours en gris comme lorsqu'il l'avait rencontrée, même si elle parlait souvent de changer.

« Nous aurons une omelette moins épaisse que prévu, voilà tout », s'écria-t-il joyeusement.

Le Major, dans la cuisine, lui cria : « C'est toi qui as mangé l'entame du pain frais ?

– Ne sois pas idiot.

– Plus d'entame ! Encore ce foutu morveux, j'en suis sûr.

– C'est de mon fils que tu parles ? »

Mais ils ne se disputaient pas vraiment. Cela ne leur arrivait jamais.

« Je me régalais rien que d'y penser », dit le Major en masquant sa déception sous un rire jovial.

## Chapitre 11

Mrs de Salis représentait tout ce dont Mrs Post pouvait rêver – une confidente, une compagne, une diversion, un moulin à paroles. Elle arriva au Claremont après une convalescence dans une maison de repos, riche d'une cargaison d'histoires de docteurs et d'opérations, de prises de bec et de querelles, d'erreurs de diagnostic et de négligences coupables. Elle ne cessait quasiment jamais de parler, sauf durant les repas, assise à l'ancienne table de Mrs Arbuthnot où elle s'alimentait dans un silence consterné.

Peut-être s'estimait-elle différente du lot, en raison de sa jeunesse (elle n'avait que soixante ans), et du fait qu'elle n'était qu'un oiseau de passage, selon sa propre expression, cherchant un appartement à Londres – sur les quais de Cheyne Walk, stipulait-elle ; Little Venice à la rigueur.

« J'adore contempler l'eau, disait-elle en contemplant Cromwell Road.

– Difficile, je crois, de trouver quelque chose dans ces beaux quartiers, remarqua Mrs Post qui espérait au fond que cela se révélerait impossible. Tellement recherché. » Tellement cher, ajouta-t-elle mentalement.

« Je ne suis pas du genre à renoncer », déclara Mrs de Salis.

Une voix basse, voilée, plutôt théâtrale selon Mrs

Post. Elle avait une certaine classe, en dépit de sa tenue assez négligée : foulards noués n'importe comment et robes dépassant du manteau, bouton manquant jamais remplacé.

Après le dîner, pendant ces belles soirées d'été, ils s'asseyaient ensemble au salon, ce qu'ils n'avaient encore jamais fait : Mrs Palfrey, Mrs Burton, un verre à sa portée, Mrs Post toujours à côté de Mrs de Salis et Mr Osmond non pas avec le groupe, mais non loin de lui. On déplaçait les fauteuils – détail que le directeur n'appréciait pas.

« Vous avez des enfants ? demanda Mrs Post à Mrs de Salis.

– Willie, mon magnifique Willie. »

Mrs de Salis extirpa de son vaste sac à main la photographie d'un bel homme encore jeune, regard somnolent et fossette au menton. Les dames s'extasièrent sur sa beauté. Mr Osmond jeta un coup d'œil sur le cliché et le rendit sans commentaire, une étrange expression sur le visage.

« Je suis littéralement folle de lui, déclara Mrs de Salis. J'adore mon Willie chéri.

– Aurons-nous l'occasion de le voir ? demanda Mrs Post en retenant son souffle.

– Ça m'étonnerait, répondit gaiement Mrs de Salis en pulvérisant du même coup l'échafaudage destiné à sauver la face, à faire semblant, qui prévalait depuis toujours au Claremont, Willie a bien d'autres chats à fouetter. »

Si seulement j'avais eu autant de présence d'esprit au sujet de Desmond, se dit Mrs Palfrey. C'était évidemment la réponse idéale, qui m'aurait évité tout subterfuge. Et puisqu'elle parvient à dominer sa gêne, j'aurais pu le faire aussi.

« Quel dommage ! s'exclama Mrs Post, profondément déçue d'être privée d'un moment d'animation. Ç'aurait été agréable.

– J'ai du mal à imaginer Willie au Claremont », poursuivit Mrs de Salis mais, comme les autres ne pouvaient pas non plus l'imaginer, personne n'en prit ombrage.

« Il y a pourtant des jeunes gens qui y viennent, dit alors Mrs Burton. Le petit-fils de Mrs Palfrey, par exemple. Il est tout à fait somptueux, lui aussi.

– Vous avez une photo ? s'enquit Mrs de Salis.

– Pas sur moi, répondit Mrs Palfrey.

– Pour ma part, celle de mon adorable Willie ne me quitte jamais, où que j'aille. Il m'est tellement cher – peut-être parce que j'ai tellement souffert à sa naissance. Il paraît qu'on oublie ces choses-là, mais ce n'est pas mon cas. Je m'en souviendrai toujours. »

Mr Osmond croisa les mains sur sa poitrine, s'adossa au fauteuil et ferma les yeux, signalant ainsi, ostensiblement, qu'il lui était impossible de se concentrer sur ses mots croisés.

« On ne donnait pas cher de ma vie, poursuivit Mrs de Salis. On a dû me faire une césarienne, finalement. »

Mrs Palfrey commençait à trouver tout cela déplacé. Elle jeta même un regard distrait sur la dernière page du *Daily Telegraph*, qu'elle avait pliée pour les mots croisés, elle aussi.

« Vous avez une idée du cinq vertical ? lui lança Mr Osmond, comme si cette parenté les rapprochait. Pas moyen de le terminer, aujourd'hui. J'ai l'impression que ce n'est pas l'auteur habituel. Difficile de saisir son système. Celui qui les établit d'ordinaire doit être en vacances, je suppose. »

Mrs Palfrey réfléchit. « Peut-être "nomade" ? proposa-t-elle d'un ton modeste.

– Bonté divine ! Vous avez raison. »

Mrs Burton s'était lancée, très en verve. « Avant chacune de mes opérations, je prends soin de prévenir l'anesthésiste… et très franchement… je lui dis… c'est une question de bon sens, non ?… Je bois beaucoup, autant le savoir. Je fume beaucoup. Je bois beaucoup. Il m'en faut donc davantage qu'à la plupart des gens pour m'endormir. La prémédication n'est pas suffisante, avec moi, je le lui dis carrément… »

Elle était en train de souffler la vedette à Mrs de Salis. Toutes deux se mirent à parler en même temps.

« … c'était de la déshydratation… »

« … je n'ai aucune envie de me réveiller pendant que je suis sur le billard, docteur, vous comprenez… »

« … des tas de tuyaux dans le nez… » s'écria Mrs de Salis.

« Vous avez apprécié le repas, Mrs Palfrey ? interrompit Mr Osmond – d'un ton qu'il voulait lourd de sous-entendus.

– Je dois reconnaître que le potage saint-Germain est un de mes préférés.

– Les *croûtons* * sont particulièrement remarquables, ici. »

« J'ai eu une opération, moi aussi, se risqua à déclarer Mrs Post.

– Une seule ? s'exclama Mrs de Salis. J'aimerais pouvoir en dire autant. C'était grave ? (Elle jeta un regard en coin vers Mr Osmond.) Ou bien est-il préférable de ne pas en parler ?

– Non, je ne crois pas que c'était grave, répondit tristement Mrs Post. Je m'étais cassé le nez, il a fallu le remettre en place.

– Ah oui, murmura Mrs de Salis, condescendante. Une simple anesthésie locale.

– Pas du tout ! Nous habitions dans le Norfolk à l'époque, mais mon mari a insisté pour que je sois opérée à Londres.

– Ce n'est pas ce que j'ai voulu dire, répliqua Mrs de Salis avant de laisser échapper un rire en trilles. Et vous, Mrs Palfrey, vous avez déjà subi des interventions ? demanda-t-elle poliment.

– Non, et j'espère bien les éviter », déclara Mrs Palfrey à l'étonnement général.

Profitant du bref silence qui suivit, Mrs Burton se leva, traversa le salon et alla sonner.

« J'ai trouvé le poulet pas mal du tout, reprit Mr Osmond.

– On mange tellement de poulet, à présent, déplora Mrs Palfrey. Il fut un temps où c'était un plat de fête.

– Là, je suis bien d'accord.

– La diversité devient de plus en plus importante à mesure que l'on vieillit. Ce ne sont pourtant pas les animaux ni les volailles qui manquent.

– C'est vrai, de l'agneau le dimanche et encore de l'agneau trois semaines plus tard. Vous avez raison. Toujours la même viande, en fait.

– Il y a bien le veau, mais…

– Le veau coûte cher. J'ai regardé les prix, hier, chez Harrods.

– Vous allez chez Harrods ? demanda Mrs Palfrey, soudain très inquiète.

– Je trouve que le rayon boucherie est un des hauts lieux de Londres – de même que ces comptoirs de marbre où trônent les poissons. A dire vrai, je préfère voir ça plutôt que visiter la National Gallery. Et cette façon qu'ils ont de disposer les coquilles Saint-Jacques, toutes les choses de ce genre. »

« Vingt et un points de suture », affirma Mrs de Salis d'une voix forte.

« Il y a la dinde de Noël, notez bien, rappela Mr Osmond. Ils font un effort pour Noël.

– Je n'ai pas encore passé de Noël ici, dit Mrs Palfrey.

– C'est tranquille, à Noël, déclara Mrs Post.

– C'est triste, à Noël, murmura Mr Osmond, comme pour lui-même.

– Ils sentent bien qu'ils doivent marquer le coup, vous comprenez, mais ils préféreraient qu'on ne soit pas là, dit Mrs Post. Il arrive qu'on s'absente, mais ce n'est pas toujours commode de se déplacer à cette époque de l'année, ni de loger chez des parents ou des amis ; et puis voyager est devenu tellement dangereux. »

Mrs Palfrey eut un mauvais pressentiment.

« Deux ou trois personnes du quartier viennent ici – pour le repas du réveillon, poursuivit Mrs Post. Probablement les locataires de ces appartements du carrefour. Pas envie de cuisiner ni de dîner seuls, j'imagine, et je les comprends. Au Claremont, on a de la dinde et tout ce qui va avec, et les murs sont un peu décorés.

– Toujours les mêmes vieilles guirlandes, remarqua Mrs Burton.

– Et ils mettent un petit sapin dans le hall. Je suis toujours soulagée quand les fêtes se terminent », conclut Mrs Post d'un ton épuisé, comme si elle venait juste de traverser cette épreuve.

« Rien de bien réjouissant, à ce que je vois, trancha Mrs de Salis. Il vous faudra tous venir chez moi, à Cheyne Walk ou ailleurs. Je vous inviterai. »

A ce mot inhabituel, Mr Osmond leva la tête, surpris.

« Mais oui, vous aussi, chéri », lança Mrs de Salis en croisant son regard.

Cette idée se grava tristement dans l'esprit de Mrs Post. Cela n'aura jamais lieu, songea-t-elle mélancoliquement. Dès qu'elle sera partie, elle oubliera.

Mr Osmond, écarlate, se replongea dans ses mots croisés.

« C'est cette saloperie de Salon de l'auto que je déteste le plus, déclara Mrs Burton, à présent bien partie, un nouveau verre à côté d'elle. A ce moment-là, ils voudraient nous voir ailleurs. Mr Wilkins passe son temps à répéter qu'il pourrait louer chaque chambre dix fois plus cher. Plus un seul lit disponible à Londres, ni pour l'amour ni pour l'argent, c'est son leitmotiv. Je ne supporte plus de l'entendre dire ça.

– Tout à fait. On se sent vraiment *de trop* *, renchérit Mrs Post.

– J'aime bien le toupet de Mr Wilkins, dit Mrs de Salis, signifiant ainsi qu'elle pensait exactement le contraire. Nous payons assez cher pour ce qu'on nous donne, je trouve. » Elle parlait du ton d'un leader, comme s'ils lui avaient attribué ce rôle. C'était une déclaration hardie, car la question des sommes déboursées par chacun n'était jamais abordée.

« Mais avec des réductions, dit timidement Mrs Post. Il y a des tarifs réduits.

– Pour des raisons évidentes », lança Mr Osmond.

A cet instant, l'employée de la réception passa la tête dans le salon, jeta un regard désapprobateur sur les fauteuils rapprochés et déclara à Mrs Palfrey : « Un jeune monsieur, dans le hall, voudrait vous voir. »

Mrs Palfrey se leva, les joues rouges.

« Votre petit-fils, sans aucun doute », commenta Mrs Post, tout excitée.

Dans le hall, lisant les horaires des messes, se trouvait non pas Ludo – ainsi que Mrs Palfrey l'avait espéré – mais Desmond, le véritable Desmond.

Il se retourna et la regarda froidement à travers des verres épais qui agrandissaient ses yeux gris pâle.

Mrs Palfrey jeta un coup d'œil autour d'elle. Le hall, pour l'heure, était désert.

Elle s'avança et lui posa une bise sur la joue.

« Tu ne dois pas venir ici, chuchota-t-elle.

– Mais maman a insisté pour que je vienne », répondit-il.

## Chapitre 12

Mrs Palfrey et *le vrai** Desmond marchèrent jusqu'au carrefour. Elle l'avait presque poussé hors du Claremont.

« Cela ne se fait pas, comprends-tu ? déclara-t-elle. Recevoir des visites, je veux dire. D'abord il n'y a pas d'endroit prévu à cet effet, en dehors du salon où cela dérangerait certaines vieilles personnes qui ont besoin de calme, et de la salle de télévision où cela dérangerait la télévision. Et à cette heure-ci, Desmond ! Il n'est pas loin de neuf heures.

– On a tous du travail. J'écris un livre. »

Encore un, songea-t-elle, oh non ! Elle était entourée d'écrivains.

« Sur les arts cycladiques, précisa-t-il.

– Je suis sûre que ta mère sera très fière de toi, murmura Mrs Palfrey avant d'ajouter, tant cela la préoccupait, mais il vaudrait mieux que tu ne reviennes pas, tu sais.

– C'est pourtant toi qui m'as écrit pour m'inviter à dîner, protesta-t-il.

– C'était avant que je ne comprenne la… la situation, répliqua fermement Mrs Palfrey.

– Ce n'est quand même pas une prison, non ? demanda-t-il, vraiment contrarié. Ou un asile de fous ? » Il en voulait à sa mère de l'avoir poussé à cette visite absurde. « Fais au moins un petit saut. Je ne t'en demande pas plus », disait-elle dans sa lettre.

« Je serais ravie de dîner avec toi quand tu voudras, reprit Mrs Palfrey. Et où tu le voudras, ajouta-t-elle imprudemment. En dehors de toute autre considération, je serais confuse de t'imposer la nourriture du Claremont.

– Ça s'est dégradé à ce point depuis ton invitation ? demanda perfidement Desmond.

– Un désastre. » Quand on se lance dans la tromperie, songea-t-elle, quels tissus de mensonges ne fabrique-t-on pas !

Elle était fatiguée, et perturbée comme seul peut l'être un menteur incompétent ; les questions l'épuisaient.

« Et tu es bien installée, là-bas – dans ta prison ? Maman a particulièrement insisté sur ce point. Je vais être obligé de lui écrire, de trouver quelque chose à répondre. »

Avec lui, en tout cas, la voix du sang est plutôt ténue, se dit Mrs Palfrey ; elle savait que Ludo ne lui aurait jamais parlé de façon aussi blessante et cavalière.

« Je suis parfaitement capable de renseigner ta mère moi-même, dit-elle. Nous communiquons aussi, elle et moi, tu sais. »

Ce petit-fils prétentieux l'exaspérait ; son amour s'était déplacé. Pourtant, elle se souvenait l'avoir beaucoup aimé lorsqu'il était petit. A moins qu'elle n'ait cru l'aimer ? Elle lui jeta un regard de côté. Il commençait à perdre ses cheveux – l'herbe ne pousse pas dans les rues très fréquentées, se dit-elle.

Une grosse goutte de pluie s'écrasa sur le trottoir, devant eux, bientôt suivie par d'autres. Il retira ses lunettes, les essuya avec un ample mouchoir de soie, puis s'élança à grandes enjambées, comme si elle pouvait marcher à son rythme. Ludo ne se serait jamais conduit ainsi. Elle le revit lui tenant le coude, prenant soin de maintenir le parapluie bien au-dessus d'elle, réglant son pas sur le sien. Le soir du dîner chez lui. Cette merveilleuse soirée. Il n'y en avait pas eu d'autres.

Je ne dormirai pas cette nuit, songea-t-elle tandis que l'orage éclatait.

Ils étaient trempés et Desmond détestait cela. Mrs Palfrey, elle, estimait qu'après ce qu'elle venait d'endurer depuis trois quarts d'heure, la pluie, même sur sa robe en crêpe bleu marine, n'avait guère d'importance. Elle se réjouissait de la contrariété de Desmond bien davantage qu'elle ne déplorait la sienne.

« Si on m'avait dit que je traînerais sous la pluie dans les rues de South Kensington avec ma mamie… », murmura-t-il en se résignant à marcher aussi lentement qu'elle. Il aurait préféré terminer son chapitre sur la broderie.

« J'ai l'impression que c'est très bruyant, ici, dit-il, tandis qu'ils remontaient Cromwell Road. J'aurais pensé qu'un endroit calme et tranquille, à Bournemouth ou à Torquay, quelque chose comme ça, t'aurait beaucoup mieux convenu. » Il s'en moquait éperdument.

« Les personnes âgées n'ont aucune envie de calme et de tranquillité, rétorqua Mrs Palfrey. Nous aimons être là où il se passe quelque chose.

– Ah oui ? Et tous ces vieillards, dans le salon, ceux qu'il ne faut déranger sous aucun prétexte ? »

Ce garçon est vraiment très mal élevé, pensa-t-elle, refusant de répondre – incapable de répondre. Il lui aurait réellement fait honte au Claremont. Elle était bien soulagée d'y avoir invité Ludo à sa place.

« J'espère que tu vas trouver un taxi, déclara-t-elle au bas du perron.

– Mouillé comme je suis, ça ne vaut plus la peine de dépenser de l'argent. Je vais prendre le métro à Gloucester Road.

– Parfait, dit-elle, et merci de ta visite. » Elle commença à gravir les marches.

« Merci pour la promenade », lança-t-il à son tour.

Dans le hall, Mrs de Salis s'occupait de commander le petit déjeuner qu'elle souhaitait prendre dans sa chambre. « Mais vous êtes trempée jusqu'aux os, Mrs Palfrey ! s'exclama-t-elle. Nous nous demandions où vous étiez passée !

– Je ne m'attendais pas à un tel déluge.

– La météo l'avait annoncé, déclara Mr Osmond qui, debout près de la porte, contemplait les lumières floues sur le trottoir mouillé. *Avorses éporses*, d'après l'Australienne. Quel accent ! Je ne comprends pas qu'ils la gardent. » Il envisagea d'écrire au *Daily Telegraph* à ce sujet, même s'il n'avait jamais de chance avec le *Daily Telegraph*. De nombreuses années auparavant, bien longtemps avant son installation au Claremont, ce journal avait publié l'une de ses lettres traitant de la répartition géographique des *Fritillaria Meleagris* dans le sud de l'Angleterre, et des passionnants substantifs dérivés de cette espèce botanique – une étude érudite dont il était très fier. Depuis lors, ses écrits relatifs à la décimalisation, la fluorisation, l'insémination (artificielle), la migration (des oiseaux), l'intégration (raciale), les drogues et la voyoucratie (assorti des passionnants dérivés du mot voyou) avaient tous été ignorés.

Mrs Palfrey prit sa clé à la réception et essuya son visage humide avec un mouchoir. Quelqu'un, dans les étages, n'avait pas refermé la porte de l'ascenseur, et

Summers, furieux, monta bruyamment l'escalier pour y remédier.

Avant de tituber jusqu'à son lit, Mrs Burton rejoignit Mr Osmond devant la porte. « Qu'est-ce qu'il descend ! » dit-elle.

Pas plus que tu n'as descendu de verres ce soir, pensa-t-il en s'écartant, dégoûté. Elle ne s'arrangeait pas, selon lui. Mrs de Salis exerçait une influence néfaste en les faisant veiller plus tard que de coutume, et Mrs Burton en profitait pour boire pendant qu'elles jacassaient et jacassaient entre elles. Où sont donc passés leurs maris ? se demandait-il souvent. Il les supposait morts. Avoir ainsi prolongé son séjour auprès des femmes lui donnait l'impression d'être une sorte d'hermaphrodite, voué à la solitude.

« Vous nous avez privés de votre somptueux petit-fils », déclara Mrs de Salis. Après avoir passé sa commande de jus d'orange et d'œufs brouillés, elle avait rattrapé Mrs Palfrey devant l'ascenseur. Sa voix se fit particulièrement rauque sur le mot « somptueux ».

Elle se croit sexy, en plus, songea Mr Osmond.

« Seulement pour cette fois, répondit Mrs Palfrey. Nous avions à discuter d'affaires de famille. » Elle frissonnait.

« Ce qu'il vous faut, c'est un bon bain chaud, décida Mrs de Salis. Et faites-vous monter un grog au whisky.

– Oh non ! s'écria Mrs Palfrey. Mais je prendrais volontiers un bain, remarquez, s'il reste encore assez d'eau. » Elle ne commandait jamais rien dans sa chambre. C'était en supplément.

L'ascenseur arriva en grinçant et Summers, jurant toujours, claqua les portes derrière lui.

Desmond, ce soir-là, ne termina pas son chapitre sur les broderies des Cyclades. Après avoir suspendu ses vêtements mouillés sur un cintre, il passa sa robe de chambre, alluma une lampe à l'abat-jour noir dans sa chambre sombre, très sombre, et écrivit à sa mère, sachant qu'il ne s'endormirait pas tant qu'il n'aurait pas exprimé l'indignation qui l'agitait. Mieux vaut, se dit-il, la coucher sur le papier.

« Ne me fais plus courir pour rien, je te le demande ! » commença -t-il. ( Une très belle écriture inclinée vers la droite.) Il poursuivit en affirmant que sa grand-mère était gâteuse. « Elle m'a interdit d'entrer ; m'a littéralement poussé dehors. A croire qu'elle avait honte de moi, ou de l'endroit où elle se trouvait ; cela dit, autant que je puisse m'en rendre compte, cet hôtel semble très propre et très respectable, vraiment. Un endroit admirable pour une vieille dame. De toute façon, elle m'a interdit d'y revenir, alors ne me fais pas grief de ne pas y retourner. Je supporte mal ta charité par personne interposée. Tout de même, je suis un peu perplexe, un peu intrigué par ce qui se passe là-bas. Les comportements bizarres me fascinent toujours, et son comportement – crois-moi – était extrêmement bizarre. Un jour, si je repasse dans cet affreux quartier, il se peut que je « fasse un saut » ( comme tu dis) à nouveau. Mais avec un imperméable. Je commence déjà à éternuer. A propos, en dehors de tout le reste, Mamie est devenue une vieille dame très, très mal élevée. »

Il éprouvait un sentiment d'irréalité, comme dans un rôle à contre-emploi, en écrivant à une mère en Ecosse pour lui parler d'une grand-mère à Cromwell Road – deux localités qui lui paraissaient totalement déplacées. Il inclinait depuis toujours pour des origines anglo-irlandaises (pour lui c'était presque un dû), ou même anglo-françaises. (Les Guiness ou les Hennessy feraient l'affaire.) Il souhaitait donner l'impression d'une grandeur désinvolte plongeant ses racines dans une noblesse authentique, rêvait d'un lignage d'ancêtres intellectuels (et non d'un mélange de plaisantins et de bourreaux de travail) afin de ne pas être le seul, dans la famille, à citer Proust ou Joyce. Il avait déjà obtenu tout ce qui découle du fait de travailler d'arrache-pied. Il aurait voulu des grands-mères âgées, de noble extraction, excentriques (rien à voir avec gâteuses), imposant leur loi ou boursicotant avec ce qu'elles gagnaient aux courses. Ce dont il ne voulait absolument pas, c'était d'une vieillarde traînant la patte et discutant avec lui sous la pluie dans les rues de Londres – ce qu'elle n'appréciait pas non plus, il était bien obligé de le reconnaître.

Mrs Burton avait l'impression de devoir, pour rejoindre sa chambre, tout à la fois traverser le couloir à la nage, rebondir sur les murs comme un ballon, et passer en vol plané au-dessus des souliers à cirer déposés devant les portes. Elle s'arrêta face au cinquante-trois, reprit son aplomb, et tendit sa clé en avant. Du calme. Miraculeusement, elle trouva la serrure du premier coup. Elle ouvrit la porte et entra dignement dans la pièce. Là, elle s'assit dans le fauteuil et regarda fixement devant elle, écoutant quelque chose d'indéterminé cliqueter avec régularité dans sa tête. Qu'est-ce que cela pouvait bien être ? Sa montre ? Elle leva le bras vers ses yeux plissés et se dit qu'il devait être onze heures, ou alors minuit moins cinq. Quelle agréable soirée. Et cette conversation. Elle avait apprécié la conversation, bien qu'elle n'aurait su dire sur quoi celle-ci avait porté.

Ensuite, elle frissonna. Ses mains froides tremblaient, elle aurait bien voulu une bouillotte, mais elle n'était pas en mesure de s'en occuper. Elle se mit debout et prit à la place une flasque de cognac dans le tiroir de la commode. Elle versa de l'alcool dans le verre à dents et l'avala rapidement, comme un médicament, la flasque dans l'autre main, parée à faire feu.

Après le second verre, elle s'assit sur le bord du lit et jeta une de ses chaussures au loin d'un coup de talon.

Elle se mit à chanter d'une voix tremblotante :

J'aime la lune. J'aime le soleil.
J'aime la forêt – les fleurs – les plaisirs.

Elle s'interrompit et jeta un regard furieux sur la penderie qui paraissait s'avancer vers elle, prête à l'engloutir.

« La forêt, les fleurs, les plaisirs », répéta-t-elle, étonnée soudain par cet assemblage de mots dépourvu de sens.

Puis elle s'effondra, se voûta. Dans un ultime effort, elle retira son autre soulier, le lança dans la chambre et, après avoir bougonné « Va te faire foutre », tomba en arrière sur le lit en fermant les yeux.

# Chapitre 13

Mr Osmond était à présent assiégé de toute part – du moins en avait-il l'impression – par des papotages incessants. Mrs de Salis en était la principale instigatrice : discussions sur les chapeaux et les coiffeurs, les soldes d'été, les toilettes des courses d'Ascot, et la famille royale, la famille royale, la famille royale. Il se trouvait toujours quelque chose dans les journaux pour relancer les palabres. La reine mère – au Claremont – battait tous les records de popularité. Son allure indépendante constituait un modèle pour eux tous. « L'argent facilite quand même les choses. C'est indéniable », dit Mrs Post en soupirant. Il lui semblait que seule la gêne pécuniaire l'empêchait de mener, elle aussi, un veuvage pittoresque : pêche au saumon en cuissardes, premières cinématographiques en tiare et crinoline de dentelle ; ou encore, dans les paddocks, grandes conversations avec les chevaux, les entraîneurs et les jockeys. Il n'existait rien de commun entre le Claremont et ce genre de vie ; mais on la vivait par procuration, dans l'admiration.

Des bêtises, pensait Mr Osmond. Fariboles et autres fadaises. Et face à ces balivernes, seule Mrs Palfrey gardait ses distances, estimait-il.

« Je ne leur envie pas leur travail, se borna-t-elle à déclarer au sujet de la famille royale.

– C'est l'évidence même ! » commentèrent impétueusement les autres dames, car il allait sans dire qu'aucune d'elles – pas davantage que les plus minables et les plus misérables sujets britanniques – ne saurait envier le travail de la famille royale.

Par une fin de journée d'été, ils se regroupèrent au salon pour parler de la reine. Un orage avait une fois de plus éclaté sur Ascot et, dans les journaux du soir, on voyait une photo de Sa Majesté se dirigeant vers le paddock sous un immense parapluie noir. Tout semblait gris et inondé ; souliers clairs gâchés à jamais, chapeaux à bord mou plus mollassons que nature.

Mrs Burton avait gagné environ soixante-quinze shillings dans la grande course. Summers s'était occupé du pari. Mrs de Salis avait misé (par l'intermédiaire de son propre bookmaker, expliqua-t-elle avec hauteur) sur un cheval appelé Maisonnette ; mais c'est en vain qu'elle chercha son nom dans la dernière édition des journaux. « Il n'a peut-être pas couru », murmura-t-elle sans trop y croire.

Mrs Post qui, de sa vie, n'avait jamais risqué d'argent sur un cheval, en était malade rien que d'y penser. Quant à Mrs Palfrey, jouer aux courses ne lui serait pas venu à l'idée.

« Elle a un visage si fermé, sinistre même, reprit Mrs de Salis, qui examinait de nouveau la photographie de la reine. Lui, naturellement, n'aime pas ça du tout ; il n'y va que par obligation, à ce qu'on dit. Quel ravissant chapeau ! » Elle tourna la page et lut à voix haute : « Turquoise. »

Mr Osmond, qui dégustait son verre de vin apéritif, s'adossa à son fauteuil et les contempla.

« Ils ont un faible pour le turquoise, affirma Mrs Burton.

– Ah ! C'est vraiment l'Angleterre dans toute sa splendeur, s'écria soudain Mrs de Salis, en reposant le cliché d'Ascot sous la pluie. Grand Prix de la coupe d'or. Saumon et fraises des bois. L'orchestre qui joue. Champagne.

– S'il pouvait s'arrêter de pleuvoir ! » lança Mrs Post en considérant les vitres embuées. Elle pensait à elle à présent, plus du tout à la famille royale aux courses d'Ascot. Elle attendait l'arrivée d'une cousine. Toutes deux avaient prévu une promenade en voiture, suivie d'un pique-nique avant la tombée de la nuit. Cet événement avait lieu une fois par an et procurait à la cousine, de dix ans plus jeune que Mrs Post, un sentiment de devoir accompli qui, avec un peu de chance, durerait les douze mois suivants.

Mrs de Salis se pencha et posa la main sur le poignet de Mrs Post, comme pour l'apaiser et la taquiner à la fois. « Allons, voyons, calmez-vous, dit-elle. Vous allez passer une soirée magnifique. »

Car Mrs Post ne pouvait s'empêcher de regarder alternativement sa montre et la fenêtre. La pluie tombait de plus belle. Il leur faudrait rester dans la voiture, peut-être à Richmond Park, et y manger leurs sandwiches à la pâte d'anchois. Pas du tout ce qu'elle avait espéré.

Lorsque Antonio apporta à Mrs Burton son troisième whisky et soda, Mrs Post, mue par une impulsion soudaine, lui commanda un verre de xérès afin de meubler son attente et de se remonter le moral avant la morne promenade. La cousine n'était décidément pas à l'heure.

« Votre visite est en retard, ma chère ? demanda Mrs de Salis.

– Quelques minutes, pas plus ; mais il se peut que ma montre avance. »

Tous vérifièrent leur montre en s'alignant sur celle de Mr Osmond, qui indiquait également la date, et suscitait l'admiration générale.

Mon Dieu, s'il vous plaît, faites qu'elle arrive vite, implorait Mrs Post. Le temps s'écoulait, et les coups d'œil inquisiteurs de Mrs de Salis la blessaient. Brusquement – un effet du xérès ? – elle déclara : « Quand on vieillit, la vie prend tout et ne donne plus rien. On dépend des autres pour les distractions et le reste. C'est comme redevenir un enfant en bas âge. »

Mrs de Salis lui lança un regard consterné et Mrs Palfrey un regard inquiet. On ne parlait pas ainsi au Claremont.

« Mais les dons, vous les avez reçus durant votre vie passée, souligna Mrs de Salis.

– Pas toujours des mêmes personnes, insista Mrs Post.

– Cela s'équilibre, vous savez, dit Mrs de Salis. C'est dans l'ordre des choses, ajouta-t-elle à tout hasard. Il y a des actes désintéressés.

– C'est le fait d'être *emmenée en promenade*, comme une écolière. » Mrs Post mit son poing sur sa bouche. Elle trouvait cruel d'être assise là, à attendre que quelqu'un veuille bien venir, par pure bonté d'âme. Quelqu'un viendrait-il ? Ou l'attente serait-elle vaine et la rendrait-elle ridicule ? « Je n'emmène plus personne faire des promenades, moi », dit-elle à haute voix. Tous auraient préféré qu'elle se taise. « D'ailleurs je ne saurais même pas où aller. C'est agréable, bien sûr, d'être invitée, mais on voudrait pouvoir inviter aussi. »

Mrs de Salis contempla le verre de xérès à demi plein, comme pour évaluer dans quelle mesure l'alcool pouvait être responsable du tour que prenait la conversation.

« Allons, n'y pensez plus ! lança gaillardement Mrs Burton. Vous êtes en train de broyer du noir. C'est cette saloperie de mauvais temps. »

Mr Osmond vit Mrs Palfrey détourner son regard et baisser les yeux, et il approuva sa réaction.

« De toute façon, pour ma part, ça ne se passe pas comme ça, poursuivit Mrs Burton. Mon beau-frère et moi, nous nous invitons toujours chacun à notre tour.

– Nous ne disposons pas tous, intervint Mr Osmond d'une voix accablée, d'un beau-frère susceptible d'accepter une telle situation. »

Mrs Palfrey, qui avait perdu le fil de la conversation, se mit à faire tourner ses bagues, les examinant avec autant d'intérêt que si elle les voyait pour la première fois.

Un instant, Mrs Burton parut prendre ombrage de la remarque sur son beau-frère, mais ce n'était qu'une attitude. Elle n'était pas du genre à se vexer. « Ne soyez donc pas si vieux jeu, voyons », se contenta-t-elle de répondre à Mr Osmond ; il pinça les lèvres et regarda longuement Mrs Palfrey, avec laquelle il se sentait depuis longtemps en accord. Mais Mrs Palfrey ne songeait nullement à lui. Elle implorait le ciel, elle aussi, de faire apparaître la cousine de Mrs Post. Il était presque l'heure du dîner.

La pluie avait cessé.

L'employée de la réception glissa la tête dans l'embrasure de la porte et annonça qu'on demandait Mrs Post au téléphone.

« C'est probablement ma cousine, murmura Mrs Post en se précipitant hors de la pièce, le front bas.

– Oh mon Dieu ! murmura Mrs de Salis après un silence. J'espère qu'elle ne va pas être déçue, se sentir abandonnée. Elle semble avoir tellement mauvais moral qu'il lui faudrait un changement de programme pour lui redonner de l'allant.

– Moi, en tout cas, je vais dîner », déclara fermement Mrs Palfrey en se levant, diminuant ainsi d'une personne le groupe que Mrs Post devrait affronter à son retour. Mr Osmond lui ouvrit la porte et la suivit ; mais Mrs de Salis et Mrs Burton décidèrent de rester encore au salon.

Mrs Post revint peu après, l'air enjoué.

« Quel soulagement, dit-elle. Brenda estime que la soirée se prête mal à une promenade. Mieux vaut attendre que le beau temps revienne.

– Bien entendu », déclara Mrs Burton.

Mais le soleil brillait de nouveau et Mrs de Salis tourna la tête vers la fenêtre pour le contempler.

Au cours du dîner, Mr Osmond eut une idée, si soudaine, si parfaite, qu'il porta la serviette à ses lèvres et resta ainsi un moment, les yeux fixés sur son assiette vide, réfléchissant aux chances de réussite.

Ensuite une grande excitation l'envahit. L'omelette aux champignons lui pesait sur l'estomac. (Il mangeait avec modération.) Des gargouillis acides qu'il ne pouvait arrêter. On déposa devant lui une portion de crème glacée, et il en picora quelques bouchées, à la petite cuiller. Il ne regardait pas en direction de la table de Mrs Palfrey, mais il avait quand même rougi. Il éprouvait – pas de la peur, non ; de l'inquiétude. Un peu plus tard, il constata qu'il avait mangé une glace à la fraise, alors qu'il avait demandé de la vanille. Ordinairement il en aurait fait toute une histoire, mais ce soir-là il s'en était rendu compte trop tard pour réclamer.

Le café, parmi les pensionnaires âgés, n'était pas très prisé. Cela les empêchait de dormir, disaient-ils. Et c'était en supplément.

L'un après l'autre, ils s'animèrent, se mirent lentement debout et partirent retrouver qui son tricot, qui ses mots croisés (et qui son cognac) puis, compte tenu des événements du jour, une probable conversation tournant autour de la reine Elizabeth et de la reine mère.

Comment parler seul à seul avec Mrs Palfrey, loin des oreilles indiscrètes, se demandait Mr Osmond. Depuis qu'il avait eu cette idée, à table, il avait l'impression qu'il ne pourrait pas dormir avant de savoir ce qu'il en résulterait.

Par une sorte de miracle, elle resta la dernière dans la salle à manger.

Le petit groupe de personnes entre deux âges qui venait d'habitude prendre un verre au Claremont n'était pas encore arrivé, et Antonio et les serveuses vieillissantes s'impatientaient, mécontents.

Mr Osmond lança un coup d'œil en direction de Mrs Palfrey. Elle a vraiment l'air d'une dame comme il faut, se dit-il. Elle terminait son pudding au gingembre, décontractée, s'intéressant à peine au contenu de son assiette.

Tout est maintenant une question de temps, songea-t-il. Il lui faudrait s'approcher de sa table au moment précis où elle se lèverait. S'énerver de la sorte se répercutait sur son cœur et il sentit ses mains trembler. Mrs Palfrey fit un mouvement. Il se leva à demi. Elle chercha derrière elle, et trouva, un petit sac brodé de perles. Elle se recula légèrement, l'ouvrit, puis inspecta son contenu et le referma. Elle bougea de nouveau. Lui, qui avait repoussé sa chaise, aux aguets, se pencha soudain d'un côté et se coinça un muscle du mollet. Cette fois, elle se levait. Il fit de même et la suivit, en boitant. Elle est quasiment royale, se dit-il, s'efforçant de l'intercepter.

Au moment où elle allait quitter la pièce, après un aimable « Merci » à sa serveuse attitrée, il devança Antonio et lui ouvrit la porte.

« Merci, Mr Osmond. J'ai l'impression que nous allons maintenant devoir prendre parti au sujet de la princesse Margaret », dit-elle.

Que je vous aime pour cette phrase, pensa-t-il. Depuis qu'il était au Claremont, il n'avait pas eu de véritable relation avec quiconque – quelques tentatives avec les serveurs, le concierge et même le directeur, toutes unilatérales, des avances rejetées. Il évitait ordinairement les femmes, mais Mrs Palfrey ressemblait magnifiquement à un homme, et semblait en adopter le comportement. De toute évidence, elle méprisait les fadaises (un des mots favoris de Mr Osmond).

« Je vois que nous endurons les mêmes maux, dit-il en se dirigeant très lentement vers le salon. Plus rien n'est pareil depuis l'arrivée de Mrs Machin Truc. Terminées les soirées paisibles.

– Certaines personnes pensent manifestement que c'est mieux ainsi, répondit-elle en réglant son pas sur le sien.

– Je trouve proprement étonnante la manière dont les choses se dégradent quand on vieillit. Tout ! Dans tous les domaines. On nous refuse même un peu de tranquillité.

– Allons ! » dit-elle avec un sourire d'encouragement, en se retournant avec difficulté pour le regarder. Il lui trouvait un visage digne de confiance.

Ils approchaient du salon, et il allait devoir formuler rapidement ce qu'il aurait préféré donner peu à peu à entendre.

« Mrs Palfrey, s'entendit-il déclarer d'un ton sonore (bien qu'elle fût, après Mrs de Salis, la moins dure d'oreille du Claremont), me ferez-vous l'honneur de m'accompagner au banquet de la loge maçonnique ? »

Mrs Palfrey parut décontenancée. « Je croyais que c'était réservé aux hommes, et extrêmement secret, dit-elle.

– C'est la soirée ouverte aux dames. Comme je n'ai pas de cavalière, je n'y vais presque jamais. Mais cela me ferait très plaisir. »

Depuis plus de soixante ans, aucun homme ne lui avait adressé une telle proposition. (Arthur ne l'avait jamais invitée : il l'informait simplement de ce qu'on attendait d'elle.) Elle aurait préféré recevoir cette invitation par écrit, afin de prendre le temps d'y réfléchir.

« C'est dans quelques semaines, ajouta Mr Osmond en étudiant ses réactions. Je voulais simplement m'organiser à l'avance, avoir le temps de me réjouir à cette perspective. »

Ainsi que la plupart des femmes, Mrs Palfrey ne put s'empêcher de s'interroger sur ce qu'elle porterait pour l'occasion. Elle pensa à son étole de fourrure. La fourrure, l'invitation en soi et l'effervescence qu'elle provoquerait en s'y rendant la convainquirent d'accepter ; elle sourit et acquiesça.

« Cela me changera agréablement, et ce sera une expérience toute nouvelle, dit-elle.

– Mon épouse appréciait beaucoup ces soirées.

– Je suis sûre qu'il en ira de même pour moi. »

Leur conversation étant terminée, Mrs Palfrey passa devant la porte du salon sans y entrer, et alla contempler Cromwell Road. La soirée était magnifique, à présent, et de pâles rayons de soleil traversaient encore les vitres poussiéreuses de la porte à tambour.

Mr Osmond hésita, puis mit le cap sur son fauteuil habituel, un peu à l'écart de ceux des dames. Quelques instants plus tard, lorsque Mrs Palfrey pénétra à son tour dans le salon, ils n'échangèrent pas un regard.

Elle s'assit près d'une Mrs Post manifestement déprimée. Pour lui éviter de penser à cet accablant retour du beau temps, Mrs Palfrey entama une conversation sur la littérature. Comme elle s'était occupée des livres de Mrs Arbuthnot, Mrs Post jouissait d'un certain prestige en ce domaine. Elle s'était bâti une réputation de spécialiste grâce à de petits entretiens avec les sous-bibliothécaires et, selon son expression, flairait quels ouvrages "marchaient".

« Mon petit-fils qui, comme vous le savez, travaille au British Museum, a pour ambition d'écrire un roman, déclara Mrs Palfrey. Je crois même, en fait, qu'il en a déjà commencé un.

– J'ai vraiment hâte de le voir sur les rayons », s'exclama Mrs Post. Elle pourrait dire au bibliothécaire en titre qu'elle connaissait personnellement l'auteur.

« J'espère, pour ma part, qu'il quittera les rayons de temps en temps, répondit doucement Mrs Palfrey, amusée.

– Les livres qui marchent, vous savez, ce n'est pas un critère ! Rarement ce que vous et moi aurions envie de lire – ou votre petit-fils d'écrire ! (Elle soupira et, pour quelque obscure raison, lança un coup d'œil de biais à Mr Osmond.) Le côté le plus trivial des choses, voyez-vous. Voilà ce qui marche le mieux, de nos jours. Miss Taylor, de la bibliothèque, partage mon avis. Je n'oublierai jamais le jour où, en toute naïveté, j'ai rapporté un roman de ce genre à Mrs Arbuthnot. Il s'appelait *Jeux de miroirs* et, bien entendu, j'ai cru que c'était un policier. Un titre à la Agatha Christie, vous ne trouvez pas ? Mais pas du tout, et on ne m'a pas laissé l'oublier, vous vous en doutez. »

Mrs Palfrey hocha affirmativement la tête.

« “Il devrait être interdit de publier de telles saletés”, répétait sans cesse Mrs Arbuthnot.

– Tout en le lisant d'une traite, j'imagine, murmura Mrs Palfrey.

– Oui, elle l'a dévoré, mais elle me l'a rendu d'un air dégoûté, comme si elle craignait de se salir les doigts. Votre petit-fils fait dans l'historique ? J'espère que oui. »

Avant que Mrs Palfrey pût trouver une réponse, Ludo en personne apparut sur le seuil de la porte et parcourut le salon des yeux. Mrs Palfrey lui adressa un grand geste du bras, comme un agent de police réglant la circulation ; il traversa la pièce et se pencha pour embrasser sa joue douce et ridée. Elle ne l'avait pas vu depuis si longtemps qu'elle se sentit décontenancée, au bord de la panique. Elle avait fait de son mieux pour l'oublier, ces temps derniers, à l'instar d'une jeune fille face à un garçon aimé, mais indifférent. Cette soirée s'annonçait aussi épuisante qu'intéressante.

« Mrs Post et moi parlions justement de toi, déclara-t-elle avant d'ajouter, se reprenant : Nous discutions des livres en général.

– Vous faites dans l'historique ? » interrogea avidement Mrs Post. Elle ne regrettait plus du tout, à présent, sa sortie à Richmond Park.

Les yeux de Ludo semblaient ne rien voir, remarqua Mrs Palfrey. Il répondit d'un ton las : « Je ne connais pas grand-chose en histoire. »

Pour la première fois de la soirée – et la première fois depuis bien longtemps – Mrs Post exultait littéralement. Elle savait parfaitement que si Mrs Palfrey avait gentiment décidé de s'asseoir près d'elle, c'était en fait par pure condescendance, et elle allait enfin pouvoir condescendre à son tour.

« J'aurais cru, dit-elle, bien que je ne sois pas érudite, évidemment... vous m'en excuserez... que s'il existait un endroit pour approfondir la question, c'était bien le British Museum . »

Ludo, qui gigotait si nerveusement que Mrs Palfrey se leva et sonna Antonio, répondit : « Marie Stuart et Charles le Prétendant sont les seuls qui m'intéressent, je crois. Et ils se sont fait avoir. » Sur quoi, regardant Antonio d'un air ahuri, il lança, à la consternation de Mrs Palfrey : « Oh, n'importe quoi. Apportez-moi ce que vous voudrez.

– Oui, bien sûr, reprit Mrs Post, et quel dommage pour vous. Ils se sont fait avoir, en effet.

– Un cognac, déclara Mrs Palfrey en fixant Antonio.

– Enfin ! s'écria Mrs de Salis en s'approchant d'eux, vous nous montrez *enfin* votre somptueux petit-fils ! » A Ludo, qui s'était levé sans enthousiasme, elle déclara : « Vous nous avez filé entre les doigts, la dernière fois. »

Ludo se demanda de quoi elle parlait. Il sourit d'un air vague, espérant l'écarter, mais elle s'installa dans un fauteuil voisin.

« Je voudrais bien te parler en privé », dit-il à mi-voix à Mrs Palfrey. « C'est ce que vous avez fait la dernière fois, commenta Mrs de Salis qui, après tout, détenait l'ouïe la plus fine du Claremont. Et votre pauvre grand-mère est rentrée trempée jusqu'aux os de cette promenade, par-dessus le marché. Elle aurait pu attraper une pneumonie si je ne lui avais pas conseillé de se faire monter un grog au whisky et de le boire au lit. »

Mrs Palfrey était dans un état de panique horrifiée et Ludo paraissait médusé.

Mr Osmond, qui s'était demandé s'il ne s'approcherait pas, lui aussi, pour échanger quelques mots avec eux, avait décidé de n'en rien faire. Pour ce qui concernait Mrs Palfrey, il pouvait se reposer sur ses lauriers.

« Comme je la comprends, votre grand-mère, déclara Mrs de Salis. D'être folle de vous, je veux dire. » Sur quoi, à la consternation de Ludo, elle tendit le bras et lui passa moqueusement la main dans les cheveux.

Mr Osmond lui lança un regard de dégoût, d'irritation et de jalousie ; et Mrs Palfrey fit de même.

Ludo saisit le verre de cognac sur le plateau d'Antonio et, pour se donner une contenance, en but une gorgée.

« Voilà que je l'ai mis mal à l'aise, à présent », lança Mrs de Salis en commettant une nouvelle gaffe, ainsi que le font souvent ceux qui se plaisent à placer les autres dans des situations embarrassantes. « C'est le privilège des vieilles dames, vous savez. » Elle éclata de rire, comme si l'idée d'être une vieille dame l'amusait, et devait amuser tout le monde.

« De gêner les gens, vous voulez dire ? » demanda Mr Osmond d'une voix forte, depuis son fauteuil à l'écart.

Durant quelques secondes, Mrs de Salis posa sur lui un regard où se lisait une pointe de menace.

« Si j'étais allée à mon pique-nique, je vous aurais raté, déclara joyeusement Mrs Post à Ludo. Comme la dernière fois. Et nous voyons si peu de jeunes gens.

– Celui-ci, en tout cas, nous a été délibérément confisqué, insista Mrs de Salis.

– Je crois que... dès que tu auras terminé ton cognac, cher enfant, nous irons faire une petite balade », dit alors Mrs Palfrey, et Ludo, vidant son verre d'un trait, se leva. Il aida Mrs Palfrey à se mettre debout.

« Vous êtes vraiment des promeneurs infatigables, tous les deux, lança Mrs de Salis, irritée. J'ai l'impression qu'on veut nous priver de votre présence, dit-elle à Ludo. On nous prive toujours de votre présence. »

Mrs Palfrey se dirigeait vers la porte. Elle serait sortie en courant, si elle l'avait pu.

« C'était Desmond, expliqua Mrs Palfrey, tandis qu'ils marchaient vers les jardins du Natural History Museum. Il est arrivé un soir sans prévenir et je l'ai fait sortir, comme un contrebandier, avant qu'on ne puisse le voir. J'étais très énervée.

– Vous vivez dangereusement. Et il risque de revenir, remarqua Ludo.

– Non, je le lui ai interdit.

– Comment diable avez-vous fait ?

– J'ai prétendu que cela dérangeait, qu'il n'y a aucun endroit pour recevoir des visites. D'ailleurs, c'est exact. Quelle merveilleuse soirée ! »

Ludo ne semblait pas sensible à la douceur de la lumière, aux dorures des fenêtres, aux roses qui se fanaient dans les massifs. Il était nerveux comme une abeille avant l'orage. Et Mrs Palfrey commençait à se crisper, elle aussi.

« Il est arrivé une catastrophe, dit-il. Je suis venu vous en parler. »

Avant de penser à la catastrophe en soi, elle se sentit fière d'être sa confidente. Une impression fugace.

« C'est à propos de… de… Rosie ? » demanda-t-elle d'un ton critique mais résolu. Elle avait failli dire « cette Rosie ». Avoir des ennuis, pour les jeunes d'aujourd'hui, désignait le plus souvent un accident avec les filles.

Ludo, stupéfait, répondit : « Rosie ? Non, pas Rosie. Pourquoi Rosie ?

– Je me posais simplement la question », affirma Mrs Palfrey, guindée.

Ludo réfléchit un moment – puis hocha la tête. « Non. C'est le Major qui a pris ses cliques et ses claques.

– Quel Major ?

– Celui qui vivait dans le nid d'amour. Avec ma mère, vous savez bien. Je vous en ai certainement parlé. »

La catastrophe était donc liée à sa mère. Le problème ne concernait qu'elle. Mrs Palfrey éprouva un énorme soulagement. Mais elle était très fatiguée. En s'efforçant d'éviter une crotte de chien, elle manqua trébucher. Il lui prit le bras.

« Si seulement on avait la clé, on pourrait entrer dans les jardins et s'y asseoir. Je me sens comme Alice au pays des Merveilles.

– Le retour au pays natal, pour vous.

– Il faut que je rentre à la maison... à l'hôtel..., dit Mrs Palfrey. Je crois que j'ai derrière moi ce que les jeunes appellent une sacrée journée. » En Ecosse, sa fille l'imaginait sans doute soumise à une lente décomposition, au fil des heures, totalement inactive, et menant une vie où rien ne se passait jamais. « Je suis navrée pour votre mère. Elle doit être hors d'elle ?

– Hors de chez elle, pour être plus précis. »

Arrivés au carrefour, ils rebroussèrent chemin.

« Pourquoi ce Major l'a-t-il quittée ? Il est vrai que cela ne me regarde pas.

– Je crois qu'il a de gros embêtements financiers

avec son associé. Et avec ce genre d'embêtement, tous les autres problèmes réapparaissent. Je doute fort que ma mère le revoie un jour, même si je me garde bien de le lui dire.

– Ce Major m'a l'air d'un parfait butor », remarqua Mrs Palfrey en utilisant l'une des expressions favorites de son mari.

« Il entretenait deux maisons, déclara Ludo sans entrer dans les détails. N'avait pas payé le loyer de Putney depuis un certain temps, paraît-il. Il risque la prison, avec ses embrouilles professionnelles.

– Mon Dieu ! » Mrs Palfrey soupira, mais davantage pour elle-même que pour le Major. Le soleil s'était couché, et la journée avait été longue.

« C'est gentil à vous d'être venu m'en parler », dit-elle en poursuivant laborieusement son chemin.

A ces mots, Ludo parut plus démoralisé que jamais.

« En tout cas, elle ne peut pas venir s'installer chez moi, murmura-t-il brusquement, comme pour lui-même. Il lui faudra aller chez ma tante, à Wimbledon. Elle y restera une semaine ou deux, et elles se disputeront, comme d'habitude. »

De l'avis de Mrs Palfrey, cette femme devait être ennuyeuse, sans une once de cervelle.

« Toutes ses affaires sont à Putney, reprit Ludo. Comment sortir son bric-à-brac alors qu'elle n'a pas payé le loyer ? Difficile d'imaginer un déménagement à la cloche de bois, avec le propriétaire qui habite juste en dessous.

– Ce ne serait pas convenable », protesta Mrs Palfrey, avant de se demander si ce ton de vertueuse indignation était bien de mise. Elle avait commencé à tricher, elle aussi.

« Les parents devraient mener leur propre vie », bougonna Ludo.

Mrs Palfrey, qui s'y appliquait, ne répondit pas.

« Elle n'a rien de côté ? » finit-elle par demander. Toute cette histoire commençait à la concerner davantage qu'elle ne l'aurait cru.

« Elle n'a jamais eu grand-chose. Le Major était pingre, sauf pour la boisson. Pas de restrictions là-dessus. Et elle n'avait que ce ridicule boulot à mi-temps. Qu'elle va perdre, évidemment.

– Mes moyens sont assez limités, murmura Mrs Palfrey et Ludo la regarda avec une sorte d'espoir chagrin, mais par égard pour vous... même si ce n'est pas mon affaire, comme je l'ai dit... »

A ce moment précis – miracle pour elle ; désastre pour lui – un taxi arriva lentement vers eux, et Mrs Palfrey rassembla ses dernières forces pour lui adresser un grand signe du bras.

« Pardonnez-moi, mais j'ai passé une journée trop épuisante, dit-elle en guise d'excuse. A l'hôtel Claremont », indiqua-t-elle au chauffeur, qui parut surpris car ce n'était qu'à quelques rues de là. En fait, il venait d'y déposer un couple d'Américains.

Ludo aida Mrs Palfrey à monter dans la voiture ; et, avant qu'il ne referme la portière, elle se pencha vers lui et murmura : « Cinquante livres ».

Il sentit monter une bouffée de rage envers sa mère, et rougit.

« Je vous les poste demain », ajouta Mrs Palfrey en claquant la portière. Elle avait eu l'intention de préciser : C'est un prêt. Maintenant, il était trop tard.

La mère de Ludo les avait humiliés tous les deux, avait compromis leur relation. Lui, marchant à grandes enjambées dans la rue, les sourcils froncés, se disait : Dès que mon livre sera publié, je les lui rendrai. Et avec les intérêts. Puis il songea que son roman déplairait bien davantage à Mrs Palfrey que toutes les dettes de la terre. Il avait misé sur le fait qu'elle serait morte – ou sortie de sa vie – avant qu'il ne soit terminé.

Mrs Palfrey, elle, se laissa aller contre le dossier de la banquette et ferma les yeux. Ecorner mon capital, songea-t-elle. Elle allait commettre l'action qu'elle savait devoir éviter à tout prix – pour une inconnue aux mœurs relâchées et, qui plus est, à la pensée brouillonne.

Arthur, un jour, avait parlé d'une rente, mais il était mort avant d'avoir pu s'en occuper. C'était l'affaire des hommes. L'argent ne concernait qu'eux. Une femme n'avait pas l'occasion de s'y intéresser avant qu'il ne soit trop tard. Elle se demanda, tandis que le taxi se garait – avec quelle rapidité ! – devant le Claremont, si Mr Osmond possédait quelques lumières sur la question. Les directeurs des banques londoniennes lui paraissaient bien trop inquiétants pour être consultés. Ils lui fourniraient des explications, mais elle n'y comprendrait rien.

Dans le hall du Claremont se trouvait un couple américain, l'air perdu, égaré, entouré de valises admirablement assorties.

Mrs Burton et Mrs de Salis étaient toujours dans le salon.

Mrs Palfrey prit sa clé et se dirigea vers l'ascenseur.

« On boit un verre avant de monter ? » proposa l'Américain à son épouse en regardant autour de lui, indécis, pas très sûr de pouvoir l'obtenir.

Marbrures fauves sur le visage de la femme, épuisée par le voyage. « Ecoute, Pete, dit-elle d'un ton las, j'en ai pas vraiment envie. »

## Chapitre 14

« En tout cas, nous ne risquons pas de la revoir », déclara Mr Osmond après avoir salué Mrs de Salis d'un bref mouvement de tête depuis le perron du Claremont. Mrs Post, elle, lui adressa tristement des signes d'adieu jusqu'à ce que le taxi se perde dans le flot de la circulation.

« Elle va tellement me manquer, s'écria-t-elle finalement. On se sentait jeune, avec elle.

– Pour ma part, je ne la pleurerai pas », chuchota Mr Osmond à Mrs Palfrey dans le hall. Elle avait été la première à rentrer, telle la reine quittant le balcon de Buckingham après le défilé aérien.

Pourtant ce n'était pas la dernière fois qu'ils voyaient Mrs de Salis. A la manière de bon nombre de m'as-tu-vu, il lui arrivait aussi de tenir parole, pour surprendre son monde. Un effet similaire à celui que provoque le menteur invétéré en maintenant une affirmation qui, plus tard, se révèle exacte – toutes les prémisses sens dessus dessous. Mrs de Salis possédait l'art de semer la perturbation.

« Qu'est-ce que c'est, du gros rouge ? » demanda nerveusement Mrs Post un matin.

C'était après le petit déjeuner, et ils avaient tous en main des cartes d'invitation parsemées de flûtes de champagne titubantes, d'où les bulles s'échappaient au petit bonheur ; des formules pour trinquer y zigzaguaient, imprimées en diverses langues européennes, et une telle recherche dans l'artifice les laissait perplexes, à l'exception de Mrs Burton.

Ce fut néanmoins Mr Osmond qui répondit à Mrs Post. « Le gros rouge, dit-il, est une chose atroce. A ne boire sous aucun prétexte.

– Il y a marqué : *Gros rouge pour tous ceux qui viendront*, lut-elle, de plus en plus nerveuse.

– Probablement une plaisanterie », espéra Mrs Burton à haute voix.

Dans les jours qui suivirent, on mentionna à peine la réception chez Mrs de Salis. Chacun expédia sa réponse en cachette.

« Vous y allez, vous ? » osa enfin demander Mrs Post à Mr Osmond, qui avait déclaré au début qu'il n'en avait pas l'intention. ( Le lieu était implicite.)

« Il faut bien être poli. J'irai sans doute jeter un coup d'œil.

– Je me demandais si nous ne devrions pas tous utiliser le même taxi. Inverness Crescent, c'est assez loin. J'en ai parlé avec Summers. »

Malgré ses belles phrases, Mrs de Salis avait échoué « du mauvais côté de Hyde Park », comme s'empressa de le souligner Mr Osmond.

Ils attendirent le jour de la réception, à l'heure du thé, pour aborder de nouveau la question du taxi, au grand soulagement de Mrs Post.

« Je trouve qu'il serait stupide de nous y rendre chacun de notre côté, déclara Mr Osmond.

– On peut même dire vachement idiot », renchérit Mrs Burton.

Les doigts joints, Mr Osmond regardait Mrs Palfrey, dans l'attente de son avis, ignorant complètement Mrs Burton.

« Je suis bien d'accord, dit Mrs Palfrey.

– Dans ce cas, retrouvons-nous dans le hall à, disons, six heures moins dix, et Summers nous appellera un taxi d'un coup de sifflet. »

Personne ne consulta Mrs Post, qui ne cessait de hocher la tête d'énervement.

« Il faudra plus de dix minutes pour aller jusqu'à Bayswater, fit remarquer Mrs Burton.

– Nous sommes attendus pour six heures. Je trouve qu'il serait parfait d'arriver à six heures dix », répondit Mr Osmond. Ne pas avoir l'air trop impatient, songea-t-il.

« J'espère qu'il réussira à trouver un taxi, s'écria alors Mrs Post, angoissée à cette idée. Six heures du soir – c'est le pire moment. » Elle avait du mal à contenir cette nouvelle poussée d'anxiété.

« Six heures moins dix, comme convenu », conclut Mr Osmond avec autorité. Il se leva et se dirigea vers la porte. Je m'installerai sur l'un des strapontins, pensa-t-il. En face de Mrs Palfrey. Et c'est elle que j'aiderai à monter en premier.

Il se rendit dans sa chambre et revêtit son meilleur costume, sombre avec de fines rayures, ainsi que la cravate de son ancien collège.

Mrs Post, elle aussi, sortit rapidement. Il ne restait qu'une heure pour se changer, mais tout était déjà préparé dans sa chambre et elle s'était déjà fait les ongles – surface énergiquement polie, et peaux repoussées – à l'aide d'instruments provenant de sa trousse de jeune fille qui, plus tard, laisseront probablement perplexes les archéologues entreprenant des fouilles à South Kensington.

Mrs Palfrey quitta le salon quelques instants après, d'un pas tranquille.

Restée seule, Mrs Burton feuilleta un magazine. Elle, en tout cas, n'avait pas à se changer, car elle était toujours vêtue comme pour se rendre à un cocktail, drapée dans des robes sombres ornées de bijoux en toc. Elle s'habillait ainsi dès le petit déjeuner.

Mrs Post versa furtivement quelques gouttes d'eau de lavande sur son mouchoir plié.

Mrs Palfrey grimaça en glissant le pied dans un soulier d'agneau glacé – sa plus belle paire.

Mr Osmond ajusta sa cravate, se pencha en avant et se sourit dans le miroir, apparemment satisfait.

Mrs Burton, qui avait sonné, avala un dernier verre en vitesse.

Summers passa plus de cinq minutes à chercher un taxi et Mrs Post se tordait déjà les mains à l'idée qu'ils n'arriveraient jamais à partir. Elle lisait et relisait le menu, incapable de s'en souvenir. Comme s'il était écrit dans une langue étrangère, se dit-elle – ce qui, au fond, n'était pas totalement faux. Et le dîner lui-même lui semblait irréel, compte tenu de tout ce qui devait se passer auparavant.

Ils faisaient sensation, tous les quatre, et Mr Wilkins, le directeur, vint les accompagner. Mrs Burton entendit un client de passage dire à un autre : « Ce qu'ils sont mignons ! » et elle manqua s'étouffer de rage.

Finalement, ils descendirent les marches du perron pour s'installer dans le taxi et, tandis qu'ils s'éloignaient, Mrs Post regardait fixement le compteur en serrant son sac contre elle, afin d'être prête à payer sa part – et le pourboire, comment calculer le pourboire ? – dès qu'ils arriveraient.

Mrs Palfrey avait calmement décidé de régler cette question plus tard avec Mr Osmond, quand ils seraient seuls. Cela lui semblait avisé. Dans ce monde où, désormais, les femmes étaient censées payer, il convenait d'édicter soi-même des règles qui ne correspondaient plus à celles d'antan. Confrontée à cette situation inhabituelle, elle s'en remit au bon sens et au respect d'autrui, selon son habitude.

Elle avait deviné que Mrs Burton se ferait remarquer, agitant devant elle un billet d'une livre en demandant si quelqu'un avait de la monnaie.

Mais le geste de Mr Osmond, qui laissa retomber sa main comme il l'aurait fait d'un couperet, mit fin à toute discussion lorsque, après avoir réglé la course, il resta en arrière puis les suivit sur le trottoir. Mrs Post était enchantée d'avoir pris sa fourrure en nylon. Il y avait un brin de fraîcheur dans l'air, ainsi qu'elle l'avait espéré.

Les maisons d'Inverness Crescent avaient été récemment repeintes. Colonnes et portiques d'un blanc éclatant, fleurs de jardins publics couleur d'orange et de betterave ornant les fenêtres, elles semblaient conscientes d'avoir échappé de justesse à la désuétude et au délabrement qui les menaçaient ; pour l'heure, elles paraissaient très impressionnantes.

Mr Osmond appuya sur le bouton correspondant à de Salis, et approcha sa bonne oreille de la petite grille de l'interphone.

« *Entrez* * ! » roucoula au loin la voix de Mrs de Salis.

Je n'aurais pas su comment faire, songea Mrs Post en adressant un regard reconnaissant à Mr Osmond.

Il posa la main sur la porte d'entrée dont, magiquement, un battant s'écarta.

Dans le hall au carrelage noir et blanc, des fleurs de

plastique décoraient une table. De la musique s'échappait d'une porte ouverte au premier étage, auquel ils accédèrent à bout de souffle. Et là, bras ouverts, Mrs de Salis les attendait.

« Comme au bon vieux temps », s'écria-t-elle.

Tandis qu'ils s'approchaient, elle embrassa chacun d'eux, ou plus exactement posa sa joue contre la leur. Mr Osmond, qui venait en dernier, lui tendit la main. « Vous n'y échapperez pas », dit-elle, en laissant sur sa joue rose, au passage, une trace de rouge à lèvres.

Ça commence mal, songea-t-il.

Les dames se rendirent dans la chambre de Mrs de Salis pour ôter leurs manteaux. Mrs Post regardait partout à la fois, dévorant des yeux le tour de lit rose à volants, le satin capitonné, l'énorme vaporisateur… hélas, pas le temps d'en voir plus. Mrs Palfrey tapota ses cheveux de ses larges mains et parut prête au combat. Mrs Burton souleva sa jupe et tira sur sa gaine. « Allez, les filles, on y va, dit-elle.

– Rouge ou blanc ? » leur demanda l'adorable Willie de Mrs de Salis, qu'ils n'auraient pu reconnaître à partir des photos du Claremont. Son front s'était dégarni et son visage naguère avenant et sensuel était à présent bouffi, avec de profonds cernes noirs sous les yeux.

Les bouteilles, ainsi que l'avait déjà remarqué Mr Osmond, étaient disposées de façon telle qu'on ne pouvait voir les étiquettes, et Willie, lorsqu'il en saisit une, l'enveloppa dans une serviette comme s'il s'agissait de champagne. Quel doigté ! jugea sévèrement Mr Osmond.

Willie, pour sa part, buvait un liquide de couleur ambrée, dans un grand verre qu'il allait souvent remplir dans ce que Mr Osmond supposait être la cuisine. De là, il rapporta un ravier de cacahuètes.

Il y avait deux autres invitées : une grande femme joviale que Willie appelait « Tante Bunty » et une actrice assez âgée dont seule Mrs Post avait entendu parler. Sa présence visait à impressionner les pensionnaires du Claremont et, ayant parfaitement compris son rôle, elle entreprit immédiatement d'éblouir et de fasciner.

Mr Osmond se tenait près de Willie, se demandant une fois de plus où avaient bien pu passer tous les maris. Une vieille plaisanterie obscène lui revint à l'esprit, et il allait la partager avec son unique congénère lorsque, apercevant Mrs Palfrey près de la fenêtre, il sentit la honte l'envahir. A la place, il raconta à Willie une blague tout juste osée qu'il avait entendue à la radio. Willie réagit par des éclats de rire excessifs. « Je vois bien, monsieur, que vous êtes des nôtres », dit-il. Il ne voulait pas abandonner le « monsieur ». Quand on est vieux, s'étonna soudain Mr Osmond, plus personne ne vous appelle par votre prénom. A croire que vous n'en avez plus.

Mrs Palfrey – qui s'était arrêtée quelques instants devant la vaste fenêtre pour contempler les platanes – se sentait perturbée. Après la vie d'hôtel, cet appartement lui semblait tellement personnel, malgré le caractère anonyme de son ameublement ; un lieu de liberté, mais aussi un refuge. Elle éprouva une nostalgie passagère pour un foyer de ce genre, où elle pourrait musarder d'une pièce à l'autre, faire les choses à son rythme, et même recevoir un peu – Ludo pour dîner ; les amis du Claremont pour un xérès. Elle savait pourtant que c'était sans espoir. Et, plus elle y songeait, plus elle se sentait fatiguée : elle pensa aux escaliers, aux courses, aux vaisselles et au ménage, aux robinets qui fuient, aux tuyaux qui gèlent, aux laveurs de vitres qui ne viennent pas – personne ne vient.

Elle n'avait jamais été un cordon-bleu car, en Extrême-Orient, on cuisinait à sa place. Dire que les repas de Rottingdean manquaient de diversité constituait la façon la plus aimable de décrire ses efforts. Elle le savait et ne voulait pas avoir à refaire ce genre de tentative.

La musique jouait en sourdine – *Some Enchanted Evening*. Mrs Burton, qui s'était mise à fredonner, puis à chanter les paroles, risquait même de se mettre à danser, se dit Mr Osmond.

« Allons, viens, Bunty ! » décida Mrs de Salis, près de Mrs Palfrey. Et Bunty, extirpée de son fauteuil, fut poussée parmi les invités pour leur être présentée. « Voici Mrs Palfrey. Et voici ma belle-sœur, Bunty, qui vit dans un hôtel à Brighton.

– J'adore Brighton, déclara Bunty.

– Elle n'est là que pour trois jours, pas un de plus, et rien ne la convaincra de rester davantage.

– Elle m'épuise », expliqua Bunty à Mrs Palfrey. (Mrs de Salis fit la moue, mais ne sembla pas mécontente.) « Nous finissons toujours par nous chamailler. »

Oui, Mrs Palfrey pouvait le comprendre. Elle esquissa un sourire dépourvu de signification et but prudemment une gorgée de vin.

« Des amuse-gueule ? » Mrs de Salis était allée en chercher. Mrs Palfrey en prit un ; Bunty, une poignée.

« J'adore tout ce qui est au fromage, dit-elle.

– Vous êtes malin, vous », déclara Mrs Burton à Willie en désignant du regard le verre qu'il tenait en main.

« Le vin m'est interdit, chère madame, dit-il. La goutte.

– Condoléances. J'en souffre aussi, affirma Mrs Burton en mentant.

– Oui, c'est très douloureux. Pas agréable. Pas agréable du tout. Voulez-vous une cacahuète ? »

Mrs Burton considéra dédaigneusement les cacahuètes et ne répondit pas.

« Je me souviens très bien de vous en Mrs Darling, dans *Peter Pan*, disait Mrs Post. J'y avais emmené mon petit neveu. Ça paraît difficile à croire. Il est marié maintenant, avec des enfants adolescents. Il vit au Canada, évidemment. C'était vers mille neuf cent vingt-quatre, par là… n'est-ce pas ?

– Beaucoup plus tard », trancha Fay Sylvester d'un ton acide. Après un coup pareil, elle aurait aimé s'écarter de Mrs Post, mais celle-ci paraissait la seule à avoir jamais entendu parler d'elle. Elle décida de la malmener au lieu de l'éblouir.

« Foutue mauvaise pièce, dit-elle.

– *Peter Pan* ? » s'écria Mrs Post, éberluée ; puis elle se dit que les gens juraient décidément beaucoup, de nos jours.

« Je déteste les gosses », reprit Fay Sylvester, qui s'appelait en réalité Felicity Sheringham-Vincent. Elle regrettait d'avoir changé de nom mais, à l'époque, elle avait cru que c'était une bonne idée. « Mon ex-mari disait toujours que quelqu'un qui déteste les enfants ne peut pas être foncièrement mauvais. »

Mrs Post avait l'air d'une gamine qu'on taquine, et lançait des regards autour d'elle.

« Buvez, déclara Willie d'un ton mécanique, comme une infirmière administrant une potion. Nous avons des tonneaux de gros rouge à vider. »

Mrs Burton, furieuse, ne retint que le « Nous » .

« Je n'apprécie pas ça au petit déjeuner, voyez-vous. »

Willie n'était pas d'accord pour cette petite soirée, songea calmement Mr Osmond. Et il n'est pas vraiment présent.

La musique assourdie, étouffée, s'arrêta, et personne hormis Mrs Burton ne s'en rendit compte ; elle eut simplement l'impression qu'il manquait vaguement quelque chose.

« Quel était votre rôle préféré ? » reprit avidement Mrs Post. Elle n'avait jamais connu d'actrice et elle pourrait raconter tous les détails à sa cousine.

« Hedda Gabler », répondit Mrs Sylvester, après un instant de réflexion – le nez délicieusement froncé, avant de se prononcer – consacré à comparer ces deux grands rôles. Le risque était justifié.

« C'était dans quelle pièce ? s'enquit Mrs Post.

– Vous vous payez ma tête. » Fay Sylvester ne trouva rien d'autre à répliquer, ignorant que, plus tard dans la nuit, Mrs Post pourrait s'inquiéter de cette réponse. « Vraiment… j'insiste… prenez donc de ces délicieuses cacahuètes, dit-elle.

– Je vais me laisser tenter, au risque de ne plus avoir faim pour le dîner.

– D'après ce que m'a raconté Megsy sur cet affreux hôtel, vous ne perdrez pas grand-chose.

– Mais non, c'est tout à fait … » *Megsy* ! songea-t-elle.

« Prenez-en encore une. » Très tranchant, le ton de Fay. Un ordre.

Mrs Post considéra le ravier, puis choisit avec soin une cacahuète, comme si elle différait des autres. « Très agréable », murmura-t-elle en parlant de la réception, pas des arachides.

« La population masculine est plutôt clairsemée, fit

remarquer Mr Osmond à Willie d'un air affable.

– Plus encore que mes cheveux, répondit Willie pour rester dans le ton. Venez que je vous présente notre chère vieille Fay. »

C'était bien la dernière chose que Mr Osmond souhaitait ; et Fay, qui avait entendu le mot vieille, prit un air du genre je-m'en-fiche-pas-mal. Elle adressa néanmoins à Willie un regard qui, assez bizarrement – ou peut-être parce qu'elle avait été actrice – signifiait clairement : « N'imagine pas que je n'ai pas compris ton petit jeu. »

« Il se passe sans doute énormément de choses à Brighton », disait Mrs Palfrey. Elle envisageait parfois de s'installer à Brighton. Le climat y était plus doux. L'air plus pur. Toute la côte du sud de l'Angleterre s'offrait à elle. Je ne suis pas enchaînée au Claremont pour le restant de mes jours, songea-t-elle – plus déstabilisée qu'elle ne le pensait par l'appartement de Mrs de Salis.

« Et pourtant, voyez-vous, c'est étrange mais je n'en profite pas, je veux dire de tout ce qui s'y passe, déclara Tante Bunty. Je vais vous avouer quelque chose, ajouta-t-elle avec un regard oblique (façon conspirateur), mais que ça ne sorte pas d'ici, ne le répétez à personne : je n'ai jamais mis les pieds au Pavillon oriental.

– Et moi, je ne suis jamais allée au Victoria and Albert Museum, répondit Mrs Palfrey, avec un gentil petit sourire.

– Pourquoi s'obliger à faire des choses barbantes, après tout ? »

« Ainsi vous étiez comédienne ? » déclara Mr Osmond à Fay Sylvester.

Elle ne correspondait pas à l'idée qu'il se faisait

d'une actrice – poitrine plate, chevelure dégarnie, voix rauque.

Malgré cette question, elle décida de le séduire. Elle allait l'ensorceler. « Vous avez quelque chose contre les actrices ? » répliqua-t-elle d'un ton de défi, avec une note enjôleuse qui l'irrita.

Je vais lui faire mon numéro de vieillard fatigué, se dit-il. Il étouffa un bâillement en s'excusant, posa sur elle un regard embrumé et déclara : « Pas à ma connaissance », avant de se diriger vers Mrs Palfrey.

Mais Willie l'intercepta au passage. « Les cabinets sont là-bas, première porte à gauche », l'informa-t-il en pointant sa bouteille enveloppée d'une serviette.

Autant y aller, se dit Mr Osmond, qui en voulait à Willie de lui avoir mis cette idée en tête. Il rejoindrait Mrs Palfrey ensuite.

Les toilettes étaient rose et argent, des roses moussues parsemant tout ce qu'il était possible de parsemer. L'abattant des W.-C. était recouvert d'une housse en chenille de coton. Sacrée connerie, songea Mr Osmond, qui eut juste le temps de le relever. De mauvaise grâce, il dut reconnaître que Willie lui avait rendu service.

Des séries de petits éléments filiformes et articulés évoquant des têtards traversèrent son champ visuel. Il cligna des paupières à plusieurs reprises pour s'en débarrasser, mais elles réapparurent. Il avait bu de ce mauvais vin, d'abord du blanc (une piquette acide), puis, persuadé d'avoir connu le pire, du rouge (trouble et épais).

La poignée de la porte s'abaissa doucement, et se releva rapidement. Dehors, Mrs Post piaffait désespérément, se demandant combien de temps elle pourrait encore attendre impunément.

Mr Osmond tira la chaîne, et fit quelques pas nonchalants dans la petite pièce, afin que toute personne intéressée puisse s'imaginer qu'il se lavait les mains, ce qu'il n'avait pas envie de faire. Il ouvrit même un robinet qui laissa échapper un flot bouillonnant, et Mrs Post, qui rôdait à nouveau devant la porte, sentit croître son angoisse. Malgré toutes ces stratégies destinées à lambiner, à perdre du temps, Mr Osmond oublia de boutonner sa braguette.

Il ouvrit la porte et, comme s'il ne la connaissait pas, passa devant une Mrs Post qui fonçait tête baissée.

« Dites-moi, mon cher... » s'exclama Willie qui retournait une fois de plus dans la cuisine. Il désigna du regard le pantalon de Mr Osmond et s'éloigna, emportant une bouteille vide et un verre qui ne l'était pas tout à fait.

Mr Osmond s'engagea dans le couloir, l'air de flâner, se planta devant une reproduction des *Tournesols* de Van Gogh et, tout en la considérant avec admiration, se reboutonna en toute hâte.

« Bon Dieu ! Quelle soirée ennuyeuse ! » s'exclama Mrs Burton en s'agrippant soudain à son bras, après avoir titubé jusqu'à lui. « Ça va-t-y, compagnon d'infortune ? »

Petit garçon, il avait été élevé par une nounou qui répétait systématiquement, une centaine de fois par jour : « On ne doit pas parler ainsi. » Il se dit qu'elle aurait été utile à Mrs Burton.

« Je n'ai pas encore échangé un seul mot avec Mrs Palfrey », déclara-t-il en s'écartant.

Pauvre vieille tapette, pensa Mrs Burton qui estimait s'y connaître.

A la consternation de Mrs de Salis, Mrs Palfrey et Tante Bunty s'étaient assises l'une près de l'autre, et parlaient de leurs varices ; Mrs Palfrey abordait rarement des sujets aussi personnels, mais Tante Bunty inspirait immédiatement la sympathie. Leurs chaises rapprochées gâchaient l'harmonie de la pièce, empêchaient les invités de se rencontrer et transformaient la réception, à présent très éloignée de ce qu'elle avait prévu. S'asseoir n'a vraiment rien d'élégant, songea Mrs de Salis. Elle fila dans la cuisine, se souvenant brusquement des petites saucisses qu'elle avait mises au four. Très en colère, elle y ficha des bâtonnets et emporta le tout au salon.

Mrs Burton en prit une et l'agita longuement devant sa bouche : elle s'était d'abord brûlé la langue. Mrs Post considéra le plat d'un air dubitatif et s'exclama : « Que c'est fascinant ! » Elle choisit la plus petite et la contempla pensivement. Mrs Palfrey refusa poliment. Mr Osmond consulta sa montre. « Venez donc près de nous, je vous en prie », lui dit Tante Bunty, en tapotant la banquette se trouvant à côté d'elle. De sorte qu'il y avait maintenant trois personnes assises.

« Nous parlions de Brighton », déclara Mrs Palfrey en évitant de mentionner les varices.

« Hove est bien joli, dit-il.

– Hove est très joli », renchérit Mrs Palfrey.

Mrs Post s'assit brusquement et, son verre vide à la main, regarda fixement devant elle, un sourire aux lèvres. Willie, qui s'approchait avec une bouteille de vin, se fit intercepter par sa mère, qui secoua la tête avec un regard entendu. « Vaut mieux pas », dit-elle entre ses dents.

Mrs Burton déambulait dans la pièce, solitaire ; elle examinait les photographies, passait son doigt sur les roses pour découvrir si elles étaient authentiques (elles ne l'étaient pas), soulevait une petite coupe en porcelaine et la retournait afin d'en vérifier l'origine.

Mrs de Salis fut heureuse de voir Mr Osmond consulter de nouveau sa montre, et plus heureuse encore de voir Mrs Palfrey, dont le regard croisa celui de Mr Osmond, acquiescer discrètement de la tête. Quelle délicieuse complicité, songeait-il. Nous sommes à l'unisson.

Tante Bunty demanda : « Vous allez devoir partir ? »

« Allez devoir partir ? » répéta Willie qui, empressé, s'avançait vers eux. Il en avait vraiment assez de cette stupide initiative de sa mère. « Les taxis, c'est ma spécialité. »

Et il disparut sur-le-champ.

Les dames récupérèrent leurs manteaux et restèrent groupées, débitant des politesses à qui mieux mieux. Mrs de Salis, bien décidée à ne pas être en reste d'amabilités, les remercia d'être venus avec un sourire extasié. Mrs Post s'assit de nouveau. Tout avait été merveilleux, mais elle aurait préféré ne pas se sentir si bizarre, si lointaine. Il lui semblait même être infiniment loin d'elle-même.

« Tellement agréable », répéta encore Mr Osmond. Le jeune type était peut-être spécialiste des taxis, mais il mettait un temps fou à en trouver un. Mrs Post déboutonna son manteau de fourrure. Mrs Burton tapota la vitre de ses ongles très longs – un rythme terriblement énervant. « Le voilà ! » s'exclama-t-elle enfin en voyant un taxi se garer devant l'immeuble, et Willie en jaillir.

« Vraiment charmant, déclara Mrs Palfrey. Encore merci.

– Tout à fait magnifique », haleta Mrs Post en se levant avec précaution.

« Surveillez Mrs Post, voulez-vous ? chuchota Mrs Palfrey à Mr Osmond. Dans l'escalier, je veux dire.

– Je m'en occupe », répondit-il, plissant les yeux en signe d'accord.

« Vous saurez où me trouver, désormais », lança Mrs de Salis sur le pas de la porte tandis qu'ils descendaient.

Lorsque Willie revint, elle s'était écroulée dans un fauteuil après avoir retiré ses souliers, et Tante Bunty lavait les verres dans la cuisine. La bouteille de whisky fit sa réapparition.

« Pardon, pardon, pardon ! s'exclama Mrs de Salis en agitant les mains. Plus jamais, je le jure. C'était une erreur, je le reconnais. J'ai seulement voulu être gentille, selon mon habitude. J'ai fait ce que j'ai pu, comme disait l'horrible vieil évêque à l'actrice. Oh, excuse-moi, Fay !

– La petite en beige et gris était soûle, à mon avis, déclara Tante Bunty.

– Bien fait pour ses foutus pieds.

– Celle qui parle fort l'était aussi, en tout cas.

– Elle a eu le toupet de regarder si la coupe en porcelaine de Meissen était signée.

– D'autant qu'elle ne vient pas de Meissen, dit Willie.

– Ne me provoque pas, mon garçon !

– Mrs Palfrey n'a pratiquement rien bu, reprit Tante Bunty.

– Mrs Palfrey est un monument de dignité, répliqua Mrs de Salis avec mépris.

– Le vieux bonhomme est amoureux d'elle, déclara alors Bunty à leur grande stupéfaction.

– C'est dégoûtant ! s'écria Mrs de Salis.

– Bunty, il y a beaucoup trop longtemps que tu vis à Brighton, dit Fay.

– Je ne vois pas très bien ce que tu veux dire, mais…

– Tu sais, Tante B., je crois que tu as raison, murmura Willie.

– Ne sois pas ridicule. J'ai vécu là-bas, j'ai habité avec eux, protesta Mrs de Salis. Jour après jour, je les ai vus, je les ai écoutés ; et je n'ai jamais rien entendu d'aussi absurde, d'aussi extravagant. »

Willie mâchonnait la dernière saucisse, toute froide.

« De toute façon, j'en ai plus qu'assez de ce tribunal, conclut Mrs de Salis. Une soirée abominable, c'est d'accord, mais je vous ai présenté mes excuses. »

Tante Bunty et Fay Sylvester affirmèrent toutes deux avoir passé un excellent moment.

« Que va-t-on manger, au fait ? demanda Willie.

– Allons dîner au Ching-Chong », répondit sa mère qui désignait ainsi le Pavillon des fleurs de lotus. Elle se sentait de nouveau pleine de vie ; elle remit ses souliers et se leva.

Ce soir-là, après le dîner, calme plat dans le salon. Les touristes de l'hôtel étaient partis « faire la bombe », ainsi qu'ils le disaient si souvent ; Mrs Post avait disparu en direction de son lit ; Mrs Burton l'avait imitée, rageusement, en bougonnant dans l'ascenseur. « La goutte ! Une bonne excuse ! Quel sacré culot ! » Elle s'était trompée de bouton d'étage et, une fois sur le palier, elle ne reconnut pas son environnement habituel. « Ça, c'est la saloperie de goutte qui fait déborder le vase ! » dit-elle à haute voix. Lorsqu'elle parvint à rejoindre sa chambre, elle était au bord de la crise de nerfs. Elle fulminait, reprochant d'abord à Willie son mauvais vin et deuxièmement à son mari d'être mort. « C'est bien de toi ! sanglota-t-elle à son souvenir. C'est bien de toi, nom de Dieu ! » Une petite voix glacée quelque part dans sa tête lui signala qu'elle frôlait le pathos. Elle s'écroula sur le bord du lit, et regarda ses mains balancer mollement, dans un mouvement de va-et-vient, entre ses genoux écartés. « Il aurait insisté pour qu'on me serve un verre digne de ce nom, lui », marmonna-t-elle – employant maintenant la troisième personne pour parler de son mari. Elle avait tenté, à son retour, de se remettre grâce à un whisky de l'ignoble gros rouge, n'avait pas réussi à manger grand-chose pendant le dîner, et était partie se coucher. « C'était mortel », affirma-t-elle, en faisant allusion à la réception.

Mrs Post s'était mise au lit en silence et avait éteint la lampe de chevet. Sa pauvre tête lui semblait une lanterne magique dans laquelle on glissait des plaques avec force vacarme, l'une après l'autre. La Mrs Darling de *Peter Pan* ouvrait et refermait la bouche, mais aucun son n'en sortait – bien dommage, car Mrs Post avait espéré se souvenir de l'essentiel de la conversation pour la rapporter à sa cousine. Il y avait des saucisses, se dit-elle, et sans aucun doute des cacahuètes ; Mrs Burton avait chanté très fort, ce qui leur avait fait honte, mais c'était au début ; Willie était assez décevant.

Je suis contente d'y être allée, songea-t-elle dans un moment de bravade, mais je n'aimerais pas devoir y retourner demain.

« A propos, déclara Mrs Palfrey à Mr Osmond – ils étaient seuls dans le paisible salon après le repas –, il y a la question du taxi. » Elle sortit de son sac un billet de dix shillings, le plia et le glissa sous la soucoupe de sa tasse à café.

« Mais j'aurais aimé..., murmura-t-il.

– J'y tiens beaucoup », dit-elle, souriante mais ferme.

Elle est admirable, songea-t-il, elle traite l'argent comme le ferait un homme... pas d'histoires... aucune gêne.

« Eh bien, dans ce cas, merci. Une soirée plutôt bizarre, n'est-ce pas ? » avança-t-il prudemment. Il aurait bien voulu, en privé, pouvoir en dire pis que pendre ; mais il se méfiait – et il avait raison, il s'en rendit bientôt compte. « Je ne serais pas étonné que certains aient mal au foie, ajouta-t-il.

– J'ai fait très attention, répondit Mrs Palfrey.

– Enfin, c'était gentil de sa part de se souvenir de nous, je suppose.

– Extrêmement gentil, en effet », conclut Mrs Palfrey en barrant la route à tout commérage. Quelle nounou admirable elle a dû avoir, elle ! pensa-t-il.

# Chapitre 15

Ludo était sorti de la vie de Mrs Palfrey.

« Ne jamais prêter de l'argent aux amis, sauf si on est décidé à les perdre », répétait souvent son mari. Elle se tourmentait à présent au sujet de cette formule, qui se révélait tout à fait fondée, ainsi que bon nombre d'autres issues de la sagacité d'Arthur. Plus simplement, il lui semblait avoir signé un chèque de cinquante livres pour se débarrasser de la seule personne qu'elle aimait peut-être vraiment.

En dehors des moments où sa douleur s'exprimait en privé, elle se sentait toujours obligée de sauver la face en public ; pourtant, depuis le départ de Mrs Arbuthnot, et du fait qu'elle avait constaté combien étaient rares les visites de la cousine de Mrs Post ou des sœurs de Mr Osmond, faire semblant et chercher des excuses ne se justifiait plus vraiment. Par habitude, mais également parce que parler de Ludo le lui rendait plus présent – tous les amoureux le savent, au grand ennui de ceux qui les écoutent –, Mrs Palfrey inventa une histoire d'heures supplémentaires au British Museum.

« Il est à l'Egyptologie ? s'enquit Mr Osmond.

– Aux Archives, dit-elle, comme si ce mot la protégeait.

– Discuterais volontiers avec lui, un de ces jours, déclara Mr Osmond. Mon oncle était féru d'égyptologie. Pas tout à fait mon terrain d'élection, mais il m'en est resté quelques notions. Je crois pouvoir soutenir une conversation sur le sujet sans crainte du ridicule. »

Ludo travaillait dans un endroit on ne peut plus éloigné du British Museum.

Désireux d'aider sa mère et de rembourser le prêt de Mrs Palfrey, il avait pris un nouveau petit boulot. Cela consistait, cette fois, à être serveur dans un restaurant grec de deuxième ordre, sur Fulham Road.

Le *Plaka* se trouvait dans un local en sous-sol vibrant au son des *bouzoukis* et empestant l'agneau grillé. Dans ce vacarme assourdissant, les réfugiés grecs devenaient plus grecs que jamais. Les Anglais hellénophiles « kalispéraient » à qui mieux mieux dans la salle.

Ludo, qui manquait de résistance, trouvait épuisante une telle exubérance. Et il devait aussi se montrer circonspect. Au moment précis où il décidait d'intervenir, lorsqu'une discussion prenait un tour menaçant, les protagonistes échangeaient des sourires subits, levaient les bras au ciel puis s'étreignaient mutuellement. Ludo ne pouvait se référer à aucun code de conduite.

Les pourboires fluctuaient : certains ne laissaient que trois pennies, comme s'ils vivaient toujours dans la campagne grecque ; d'autres, encore déroutés par la monnaie anglaise (assurément des Grecs débarqués de la veille pour ne pas maîtriser cette question-là !), laissaient beaucoup trop. Ludo, qui adorait les pourboires, désirait ardemment un relatif conformisme.

Parfois, il partait de bonne heure et, en chemin vers le *Plaka*, s'arrêtait dans la galerie d'art où Rosie, vêtue à présent comme les bohémiennes des tableaux d'Augustus John (robes longues à traînes de velours froissées), vendait les catalogues et répondait au téléphone. Malgré de longues plages d'ennui, ce travail était moins ingrat que les journées trépidantes à la boutique ; la clientèle, distinguée, modeste et silencieuse, circulait sur la pointe des pieds et se laissait aisément malmener.

Rosie, assise à un bureau juste devant la porte, et grignotant généralement quelque chose – pommes, pizzas ou cacahuètes –, fournissait des informations ou répondait au hasard ; mais sans jamais quitter sa chaise. Elle était plus désinvolte que jamais. Son indifférence refroidissait l'atmosphère.

C'était particulièrement le cas avec Ludo. Il se demandait si elle était irritée parce qu'il travaillait le soir, tout en estimant peu probable qu'un de ses comportements puisse provoquer en elle une quelconque émotion. Les heures passées ensemble chez lui – pour engloutir des haricots à la tomate ou rester au lit – avaient été gâchées par la nonchalance qu'elle affichait. Languissante, elle se laissait faire l'amour, se levait, se rhabillait, fredonnait un petit air puis, tout à coup, avait envie d'un toast beurré. Ou alors ils allaient acheter des plats cuisinés chez l'épicier chinois du quartier, qu'elle mangeait en silence, avec un menu soupir une fois le dernier grain de riz avalé. Il avait souvent l'impression, et notamment pendant qu'ils faisaient l'amour, d'être à peine présent.

Il en allait de même dans la galerie d'art. Plus elle le regardait, plus il se sentait irréel. Tout ce qu'il pouvait dire semblait glisser sur elle. Passant d'un tableau à l'autre, les visiteurs s'attardaient ; ils écoutent mes paroles, pensait Ludo, ils l'écoutent repousser mes propositions timorées. Rosie devait toujours partir : à la campagne voir ses parents, ou bien se promener en voiture avec un certain Basil.

« Basil *comment* ? demanda Ludo, non sans le regretter immédiatement, honteux.

– Hay-Hardy, ou *quek* chose comme ça », dit Rosie d'un ton vague. (Sa mère ne parvenait pas à comprendre d'où lui venait une pareille façon de parler. A cette question, Rosie répondait qu'elle la tenait peut-être de son ancienne maîtresse d'école ; ou alors de sir John Gielgud, *quek* chose comme ça. « *Kess* ça peut faire ? » demandait-elle, et sa mère haussait les épaules.) Ils résidaient dans une luxueuse demeure de la vallée de la Tamise, les parents de Rosie, et gravissaient un échelon de plus chaque année. Et ils s'efforçaient, lors de leurs petites fêtes du dimanche, de considérer les vêtements et les tournures « cockney » de Rosie avec une distance amusée.

« Lundi, alors », insista Ludo en baissant la voix. Le *Plaka* était fermé le lundi.

« Il se trouve que j'ai des tonnes de travail. »

C'était un vendredi. « Dimanche ? » proposa-t-il.

Il avait pensé rendre visite à sa mère ce jour-là, mais cela pouvait attendre.

Sa mère, qui avait payé le loyer de Putney grâce à Mrs Palfrey, s'était installée dans un sous-sol à l'angle de Harley Street. Elle travaillait pour un médecin, de sorte qu'elle se trouvait seule le week-end. Elle s'occupait des pékinois du docteur, dont la femme ne voulait pas dans leur maison du Surrey. Elle tapait aussi un peu à la machine, quand le besoin s'en faisait sentir, et répondait au téléphone. A l'instar de Rosie, elle avait trouvé un petit boulot pour personne non qualifiée. Et Ludo avait fait de même.

Rosie ouvrit un tiroir, en sortit une longue lime et entreprit de la faire fulgurer sur ses ongles, l'air mécontent.

« Dimanche, je vais au zoo avec Basil, dit-elle.

– Tu ne vas quand même pas passer la journée entière au zoo, bougonna Ludo, maussade.

– Une chose en amène une autre. »

C'était bien là le problème.

Un homme, qui contemplait une gravure de Matisse depuis un temps fou, leur lança un coup d'œil par-dessus son épaule, et s'approcha du bureau. « Auriez-vous l'amabilité de me dire…

– Combien ça coûte ? » interrompit Rosie.

Comme il ne répondait pas immédiatement, elle désigna de sa lime une liste des prix affichée près de la porte puis se remit à faire crisser ses ongles.

« Tu n'as plus l'intention de venir me voir ? demanda Ludo.

– Tes horaires sont tellement impossibles, à présent », se plaignit Rosie.

Cela lui rappela qu'il lui faudrait bientôt partir pour préparer les tables du *Plaka* .

« Et si tu venais dîner là-bas un soir ? suggéra-t-il, désespéré. Je t'invite, naturellement. Je serai ton serveur attitré. C'est un endroit très drôle.

– C'est une blague, non ? » lança-t-elle comme une insulte.

En chemin, sur Fulham Road, il songea à l'amour – les consternantes inégalités de l'amour. Il y en a toujours un qui se contente de tendre la joue tandis que l'autre l'embrasse. Mrs Palfrey, par exemple, était littéralement folle de lui, aussi gênant et ennuyeux que cela pût être. Et lui, exaspéré, et sans comprendre pourquoi, était littéralement fou de Rosie. Pourtant le dicton français ne se révélait pas toujours vrai : sa mère, par exemple, avait offert sa joue, mais personne n'y posait plus de baiser.

Le dimanche, il alla rendre visite à sa chère mère – celle qui rendait ses pas pesants et lui mettait de l'amertume aux lèvres. Il fit le trajet à pied, et marcha de nouveau quand il arriva, car les pékinois étaient prêts pour leur promenade à Regent's Park. Il éprouvait un ennui mortel en regardant les roses tardives, sachant le zoo si proche et se demandant quelle chose avait mené à quelle autre, dans l'emploi du temps de Rosie. Les petits chiens duveteux lançaient des raids bruyants en direction de bergers allemands et de boxers.

Ils prirent le chemin du retour – et Harley Street, Wigmore Street et Wimpole Street lui parurent des coins tranquilles, sombres et peu fréquentés.

Ludo tapa quelques pages de son roman sur la machine à écrire du docteur, jetant de temps à autre des regards autour de lui. Il constata que sa mère avait acheté une grosse boîte de chocolats à la menthe, *Vogue* et *Harper's Bazaar* la même semaine, et qu'elle portait ce qui ressemblait à un pull neuf : mais il n'eut pas le cœur de la provoquer.

Plus tard, il marcha encore pour rentrer (avec ce qu'il appelait désormais ses pieds de garçon de café), conscient qu'il lui restait du travail avant d'aller au lit. Il roula en boule ses chemises empestant le *Plaka* et, emportant *Madame Bovary*, se rendit à la laverie automatique où il avait rencontré Rosie. Elle était déserte ce soir-là. Il ouvrit le roman, mais les pages imprimées ne parvinrent pas à dissiper son sentiment de détresse.

## Chapitre 16

Les vieilles personnes, et en particulier les quatre du Claremont, décèlent avant les autres les signes de la fin de l'été : feuilles sèches et jaunies qui tombent des arbres, accès de rhumatisme qu'on ne peut attribuer à l'humidité de l'air, vêtements d'hiver ressortis des penderies, même si les jeunes gardent les bras nus pour aller travailler. Mrs Post les regardait mélancoliquement passer devant les fenêtres, derrière les bacs de lauriers.

Ils l'apprirent un matin, par la rubrique nécrologique du *Daily Telegraph* : « ARBUTHNOT Elvira Anne, sœur bien-aimée de Constance et Dorothy Proctor – le 10 septembre, maison de santé de Braemar, à Banstead, Middlesex. Les obsèques auront lieu dans la stricte intimité. Pas de fleurs. »

Ils lurent et relurent l'information, que Mrs Burton avait été la première à remarquer. Un silence consterné s'installa.

« J'ai l'impression que c'était hier, finit par murmurer Mrs Post… je lui disais au revoir sur le perron.

– Je m'y serais rendu, affirma Mr Osmond, furieux. J'aurais loué une voiture. » Il lança un regard en direction de Mrs Palfrey. Ils auraient pu aller ensemble lui rendre un dernier hommage, vêtus comme il convenait et dans l'état d'esprit qui convenait.

« Nous ne saurons même pas où aura lieu l'enterrement, maugréa Mrs Burton.

– Ni quand », ajouta Mr Osmond. Il considéra de nouveau le journal. Il était certes bouleversé, mais voir le nom d'une personne de connaissance imprimé noir sur blanc lui procurait une certaine satisfaction.

« Quel dommage que nous ne puissions envoyer une couronne, déclara Mrs Post. "De la part de ses amis du Claremont", ou quelque chose de ce genre. »

Après avoir pris connaissance des autres avis de décès, ils se plongèrent dans les cours de la Bourse. Mais, quelques instants plus tard, Mr Osmond, courroucé, bougonna : « Jamais pu les encadrer, moi, ses deux sœurs. »

Ils ne pouvaient s'empêcher de penser à cette pauvre Mrs Arbuthnot, ainsi qu'ils la désignaient à présent, tout comme il y avait eu une pauvre Miss Benson ; même si cette dernière était un peu trop impressionnante pour être qualifiée de la sorte. Ils avaient appris qu'elle était morte, elle aussi. « Mon Dieu ! s'était écriée Mrs Burton un matin. La chère vieille Miss Benson. Officier de l'Ordre de l'Empire britannique ? On ne donne pas cette décoration pour rien. Augusta Vivian. Pfff ! Fille de feu Helenus Benson. Service commémoratif. » Ils étaient tous en proie à une grande excitation. Les messes anniversaires équivalaient aux mariages de leur jeunesse et de leur âge mûr. Ils ne se rendaient plus à aucun mariage, désormais, mais l'accès aux services religieux était libre, nul besoin d'invitation. « Nous irons ensemble, avait proposé Mr Osmond. C'est le moins que nous puissions faire. » « Oh, quelle… », s'était exclamée Mrs Post avant de s'interrompre, la main sur la bouche, une expression consternée dans le regard. Elle avait failli dire « quelle fête ».

Les sœurs de Mrs Arbuthnot venaient de les priver d'une nouvelle sortie. Ils en éprouvaient du dépit, estimant avant tout qu'une vie et une mort ne pouvaient se conclure sans funérailles. Mrs Arbuthnot se trouvait reléguée dans un vide insatisfaisant et vague. Elle resterait la « pauvre Mrs Arbuthnot », à présent, aussi longtemps qu'ils se souviendraient d'elle.

Puis vint la soirée de la loge maçonnique.

Mrs Palfrey sortit de l'ascenseur à six heures trente, vêtue de sa robe du soir ornée de perles de métal qui recouvraient sa poitrine tombante, son étole de fourrure sur les épaules ; sa canne à embout caoutchouté n'était pas dans le ton, seul élément « pas habillé ». Elle portait des souliers assez fatigués, d'une couleur bronze assortie aux perles, et un bandage soigneusement ajusté sous l'un de ses bas épais.

Mr Osmond l'attendait, rose et reluisant, et dégageant des effluves de lotion après rasage. Mrs Post se trouvait là aussi, déambulant dans le hall, parcourant le menu des yeux ou contemplant l'intense circulation de cette fin de journée. Elle était un peu troublée. Elle connaissait Mr Osmond depuis tellement plus longtemps que Mrs Palfrey – et était obligée d'admettre qu'elle avait été supplantée par quelqu'un de plus attirant qu'elle. Elle trouvait cela inexplicable, car Mrs Palfrey – bien qu'imposante – lui semblait plutôt masculine : cette grande main refermée sur le minuscule sac du soir, par exemple, ou la coupe de cheveux si peu féminine. Mrs Post avait été ce qu'on appelle une jolie femme : impossible de penser de même à propos de Mrs Palfrey.

Le tourment de la jalousie agitait le cœur de Mrs Post. « Même s'il m'avait invitée, j'aurais eu trop peur pour accepter », se disait-elle : être seule avec lui dans le taxi, devoir rencontrer ses amis, se demander de quoi parler, boire n'importe quoi (la petite réception de Mrs de Salis lui avait servi de leçon), ne pas savoir ce qui se passerait – de quoi la rendre folle d'anxiété. Mais il ne l'avait pas invitée.

Summers avait trouvé un taxi et, de l'autre côté de la porte à tambour, Mr Osmond offrit son bras à Mrs Palfrey.

La soif de sensations fortes et l'ardente envie de participer eurent finalement raison de la jalousie de Mrs Post. Elle sortit en toute hâte et leur adressa des signes d'adieu.

Mr Osmond, dans le taxi, agita vaguement la main. « J'ai cru un instant qu'elle allait nous lancer des confettis », murmura-t-il. Puis il rougit violemment, mais cela passa inaperçu. « Je veux dire par là qu'elle a dû être une spécialiste des confettis, dans sa jeunesse. »

Mrs Palfrey garda le silence.

« Voilà ce qui s'appelle une surprise, lança Mrs Burton qui rentrait à l'hôtel.

– Ils se rendent à un banquet, déclara Mrs Post.

– Je les plains.

– Oui, ce sera sans doute tout à fait assommant, conclut Mrs Post d'un ton mondain.

– J'ai une idée, reprit Mrs Burton. Mon beau-frère doit venir dîner. J'insiste – j'insiste, bon Dieu ! – pour que vous vous joigniez à nous. C'est un très brave type, l'un dans l'autre. »

La vie était pleine de dangers au Claremont, et Mrs Post frémit.

« Je vous retrouve là-bas vers sept heures », déclara Mrs Burton en désignant le salon de la tête, tandis que l'ascenseur arrivait.

Mrs Palfrey et Mr Osmond furent placés à l'une des extrémités d'une table en forme de E. Elle échangea quelques mots avec son voisin de droite tandis qu'on leur servait une louche de consommé à la tortue – chaque convive bénéficiant de quelques miettes de la chair du reptile. Après avoir appris que ledit voisin vivait à Londres et passait ses vacances sur la Costa Brava, elle se tourna vers Mr Osmond et lui confia quel agréable changement cette soirée représentait pour elle.

Elle avait remarqué un peu plus tôt, pendant qu'ils buvaient un xérès, qu'il ne semblait pas avoir beaucoup d'amis : les rares personnes qu'il lui présenta ne réagirent pas avec la *bonhomie** qu'il leur témoignait ; de fait, chacun entreprit presque immédiatement de parcourir la pièce du regard, l'air de chercher une issue de secours. A la manière d'un petit garçon fanfaron, il s'était montré trop familier, et avait accroché au passage des hommes qu'il connaissait à peine. On ne le repoussa pas ; mais on ne l'encouragea pas non plus. Mrs Palfrey se sentit navrée pour lui et tenta de le consoler en lui accordant toute son attention.

Des filets de sole en paupiettes, dissimulés sous une sauce rosâtre, succédèrent au consommé. Le vin, certifia Mr Osmond à Mrs Palfrey, ne la rendrait pas malade. « Vraiment très éloigné de certain breuvage qu'il nous a fallu avaler. C'est un domaine où je possède quelques connaissances », déclara-t-il d'un ton qui laissait supposer qu'il en existait bien d'autres.

Le voisin de Mrs Palfrey se tourna vers elle et, entre les plats, mugit quelques remarques en se beurrant de menus morceaux de pain.

On servit du canard rôti accompagné de petits pois surgelés et de spirales de pommes duchesse.

De temps à autre, l'animateur du banquet se mettait

à brailler que l'honorable Grand Maître et sa Dame souhaitaient lever leur verre – en l'honneur des invités, de vieux amis de *Potters Bar*, ou d'un contingent débarqué de Ramsgate.

« Vous admettrez que vous ne risquez rien, déclara Mr Osmond en désignant le bordeaux.

– J'ai bien peur que le Claremont ne nous prépare guère à de tels festins, répondit Mrs Palfrey, luttant pour ne pas se laisser gagner par l'ennui.

– Vous y comprenez quelque chose ? lui demanda son voisin de droite, en lui montrant le menu. *Pêches Denise, avec crêpes dentelle**. C'est du chinois pour moi, je l'avoue.

– Denise est le prénom de notre hôtesse », lança Mr Osmond dans sa direction, et Mrs Palfrey recula légèrement le buste.

Ils contemplèrent les deux personnages au centre de la table principale – aussi distants que la famille royale, derrière une gerbe rose. Un dessert à son propre nom ! s'émerveilla Mrs Palfrey. C'était leur grand soir, à ces deux-là. On les avait rythmiquement applaudis (un peu comme un rite sauvage, avait pensé Mrs Palfrey), et à présent ils présidaient. Elle portait de longs gants blancs, en agneau glacé, qu'elle avait rabattus sur ses poignets et, de loin, Mrs Palfrey aurait pu les prendre pour de maladroits pansements.

Le dessert en question n'était rien d'autre qu'une demi-pêche en conserve posée sur une sorte de gâteau de Savoie nappé de porto et couronné d'une boule de crème glacée. Surgies de partout, des serveuses le distribuaient en hâte.

La pêche de la reine Denise, puis le café. Ensuite, Mrs Palfrey refusa une *crème de menthe** que l'épouse de Mr Osmond appréciait beaucoup, paraît-il. Elle adorait également les *petits fours* *, et estimait que c'était le meilleur du repas. « Le poisson lui semblait sans intérêt », ajouta Mr Osmond.

Difficile de trouver un commentaire : Mrs Palfrey fut soulagée de voir que l'animateur, tapant sur la table, réclamait leur attention avant le début des discours. Les convives reculèrent leur chaise, certains pleins d'espoir, certains résignés.

« Je ne voudrais pas finir pompette, déclara Mrs Post, surprise d'avoir utilisé un mot qui lui paraissait très à la mode.

– Allons, allons ! s'exclama le beau-frère de Mrs Burton. Vous êtes des nôtres, je le sais bien. »

Près de la porte, assis en plein courant d'air, se trouvait un nouveau venu. C'était un futur pensionnaire, mais ils l'ignoraient.

En tout cas, si ça ne me convient pas, il ne manque pas d'autres endroits, songeait le colonel Mildmay. Il avait eu vaguement envie, lui aussi, de s'installer sur le littoral, dans le sud de l'Angleterre, mais il était persuadé, à l'instar de sa grand-mère, que Londres était la seule ville où on ne risquait pas de s'ennuyer. Bournemouth, peut-être, au printemps. Il s'était fait adresser des brochures d'hôtels pour retraités, qui l'avaient profondément déprimé. « Un site isolé... une oasis de calme... au milieu d'arbres centenaires. » Tout le contraire de ce qu'il fallait à quelqu'un de son âge.

Il posa calmement les mains sur la table, attendant le diplomate au porto qu'il avait commandé, puis ferma à demi les yeux sous l'assaut du rire gras et vulgaire de Mrs Burton et des roucoulades – toutes récentes – de Mrs Post.

Il irait tous les jours étudier les porcelaines anglaises du Victoria and Albert Museum. Les Spode du dix-huitième. Les faïences de Derby. Il prendrait des notes. Le diplomate arriva – trempé, mais sûrement pas de porto. Il se souvint alors des diplomates de sa femme, et reposa sa cuiller.

« Pas à votre goût, monsieur ? » demanda la vieille serveuse.

Il hocha silencieusement la tête, l'air de dire « Si », ou « Non », ou « Ça n'a pas d'importance ».

En attendant son café, il énuméra mentalement, pour se ragaillardir, les diverses sorties peu coûteuses qu'il pourrait effectuer : galeries et musées, salles de vente, récitals dans les églises à l'heure du déjeuner ; mais cela ne le réconforta guère.

Mrs Post passait une soirée agréable. Le beau-frère de Mrs Burton, tout d'abord consterné d'apprendre qu'elle serait présente, entreprit bientôt de faire le joli cœur – la taquinant, lui adressant des clins d'œil et prenant son parti plutôt que celui de sa belle-sœur. Cela ne semblait pas déranger Mrs Burton. Elle les laissait se comporter comme des enfants qui mangeaient une glace. Elle alluma une cigarette, s'installa confortablement sur sa chaise et, exhalant la fumée en bâillant, posa un regard indulgent sur eux, leurs sourires, leurs têtes penchées, leurs petites cuillers.

Plus tard, les discours terminés, Mrs Palfrey et Mr Osmond allèrent s'asseoir près des palmiers en caisse, dans le salon Gainsborough, assez loin du bar. Elle buvait une citronnade, et lui un whisky-soda. La salle à manger s'était miraculeusement vidée pour laisser la place aux danseurs, et ils entendaient l'orchestre qui, tous deux en convenaient, ne faisait pas un vacarme assourdissant.

« Mrs Post a dû affronter une soirée solitaire, dit Mr Osmond. Le Claremont semble tellement loin, ce soir : difficile d'imaginer ce qui s'y passe en ce moment, en dehors de Mrs Post qui tricote et va bientôt se mettre au lit. » A la mention du mot « lit », Mrs Palfrey étouffa promptement un bâillement et but une gorgée de citronnade. « C'est un petit monde banal, reprit Mr Osmond. Monotone. Drôle d'endroit pour terminer ses jours. Il y a vingt ans, si on m'avait dit que je me retrouverais là, je... (Il haussa les épaules, incapable de savoir ce qu'il aurait dit, ou fait.) On s'y sent seul, avança-t-il prudemment, et on manque de projets.

– Peut-être sommes-nous trop vieux pour ce genre de choses, répondit Mrs Palfrey avec un sourire.

– Je ne suis pas un blanc-bec », déclara subitement Mr Osmond. Impossible, à nouveau, de répondre à une telle phrase et, comme cette fois l'animateur ne risquait pas de venir à son secours, Mrs Palfrey marqua une pause, puis but un peu de citronnade. « Délicieux, dit-elle en faisant tinter les glaçons. Et tellement rafraîchissant.

– Mais je peux vous offrir de la ferveur, affirma Mr Osmond, et un joli foyer. »

Mrs Palfrey était interloquée.

« Je suis en train de vous demander de m'épouser », s'exclama Mr Osmond en criant presque. Tout allait de travers, brusquement. Au lieu de parler tendrement, il s'exprimait d'un ton agressif. Il se trouvait en pleine confusion, et ce qu'il avait prévu de révéler plus tard avait été lâché trop tôt. « Ensemble (il n'avait pas dit "en mettant nos ressources en commun"), nous pourrions mener une vie agréable, nous tenir mutuellement compagnie. Passer des journées tranquilles, ou partir faire la noce. » Cette dernière phrase ressemblait presque à une question, implorante.

Mrs Palfrey déclara rapidement : « Oh non, je crains que… »

Il ne supporta pas de la laisser poursuivre. « Un endroit à nous, un petit cottage, avec peut-être un bout de jardin… et une sorte de gouvernante, gentille et toute simple – quelqu'un qui nous remonte les jours où ça ne va pas… personne ne peut faire ça, au Claremont. »

Mrs Palfrey leva la main. « Mr Osmond, je vous implore de m'écouter : je ne me remarierai jamais. »

Elle était sous le choc. Elle l'avait accompagné ce soir par pure gentillesse, car ce n'était pas le genre d'homme qui l'attirait. Il lui était arrivé d'entendre, par bribes, les histoires qu'il racontait au serveur ou à Mr Wilkins, le directeur, et son expression avide l'avait écœurée. Arthur, son mari, l'aurait décrit comme un pauvre vieux bonhomme, et l'aurait engagée, elle, à faire preuve de tolérance.

« C'est aussi ce que je me suis dit, à la mort d'Hilda », murmura Mr Osmond, tout à coup apathique, la voix atone. Il se leva, se dirigea vers le bar, revint avec une nouvelle citronnade et un nouveau whisky et, peut-être, un peu d'espoir ou de courage, car il reprit immédiatement : « Imaginez simplement un petit village pittoresque – Rottingdean, par exemple. »

Une erreur fatale, due à sa mauvaise mémoire.

« Non ! » s'écria-t-elle, et elle porta les mains à son visage, comme un oiseau qui s'enfuit à tire-d'aile.

« Ou alors Norwich, poursuivit-il en s'efforçant de rattraper sa maladresse. J'ai des amis qui habitent près d'Ipswich : ils pourraient se renseigner sur les propriétés susceptibles de nous convenir. Il me faudrait quitter cette loge, passer dans une autre, mais c'est sans importance.

– Mr Osmond, déclara fermement Mrs Palfrey, je suis très honorée, bien entendu ; mais je suis aussi très déconcertée. Je ne me doutais pas…

– De mon respect, de mon admiration ?

– Je vous ai accompagné ce soir en pensant que c'était une sortie amicale…

– Amis nous serons, dit-il. La passion n'est plus de notre âge. L'amitié seule est durable. »

Comment le savait-il – s'étonna-t-elle –, lui qui semblait ne pas avoir d'amis ?

Comme s'il lisait dans ses pensées, il déclara : « Mes deux vieux amis d'Ipswich nous trouveraient sans doute quelque chose dans les environs pour une bouchée de pain. Nous pourrions recevoir, sans façon, c'est si agréable. Quelques personnes à dîner, avec juste un buffet de fromages et de vins. J'en ai souvent entendu parler, et je me suis toujours demandé pourquoi nous n'y avions jamais pensé, de notre temps. Aucune cérémonie, en toute simplicité. J'ai tellement rêvé de pouvoir lancer ce genre d'invitation. »

Et je ne servirais qu'à lui organiser ses buffets campagnards, songea Mrs Palfrey avec lassitude. L'orchestre jouait maintenant plus fort ; le plancher tremblait sous les pieds des danseurs. Elle avait terriblement envie de retrouver son lit étroit du Claremont, et terriblement envie de mettre un terme à cette stupéfiante conversation unilatérale.

« Nous avons eu dernièrement l'occasion d'apprendre ce qu'il ne fallait pas faire quand on reçoit des amis, poursuivit Mr Osmond. Mais quelques bouteilles de bon vin : un sancerre, peut-être ; ou un quincy – vous connaissez ? Non, tout le monde ne l'apprécie pas. »

Mrs Palfrey ferma les yeux.

On aurait dit qu'il parlait pour étouffer sa déception, et pour faire obstacle à ses paroles à elle. Obstructionnisme.

« Et un rouge... c'est ma partie. Quant aux fromages – aucun de ces produits ordinaires du Claremont, pas de camembert plâtreux pour nous. Du chester bien sec, une part de brie, et un demi-stilton si on peut en trouver. »

Tout ça pour deux vieux amis à Ipswich, se dit Mrs Palfrey, en se demandant si une telle excentricité ne confinait pas à la folie. Cette réception imaginaire l'obsédait littéralement. Mrs Palfrey leva la main, désireuse d'interrompre un tel verbiage sur les fromages. Puis elle se souvint de son propre plaisir lorsqu'elle avait acheté des fromages pour le merveilleux dîner chez Ludo.

« Nous avons donc l'expérience des erreurs qu'il ne faut pas commettre quand on reçoit. Inutile de préciser, bien entendu. Pas de noms, pas de démons, comme on dit. Motus et bouche cousue, même entre ces quatre murs. (Il jeta un regard vers les palmiers.) Je ne suis pas fait pour être veuf, dit-il d'un ton las. J'ai essayé et c'est un échec.

– Il nous est difficile à tous d'être seuls, répondit Mrs Palfrey. Mais j'y suis condamnée.

– Mais non, pas condamnée.

– Condamnée par ma propre nature. J'ai mené une vie conjugale heureuse, parfaite. Cela me suffit.

– La mienne aussi était parfaite, dit-il, maussade.

– Mais alors... »

Elle lui parlait avec douceur, gentiment, et il comprit soudain qu'ils n'habiteraient jamais ensemble.

« Les convives commencent à partir, murmura-t-elle en voyant apparaître quelques dames drapées dans leurs fourrures. Je crains de ne pouvoir terminer ma citronnade.

– Aucune importance. » Il gardait les yeux baissés, contemplant la table.

« Nous resterons amis.

– Mais au Claremont ! Au Claremont ! protesta-t-il, énervé.

– J'ai passé une excellente soirée, mais je crois le moment venu d'aller chercher mon étole. » Elle se mit debout avec difficulté, se sentant lasse, si lasse.

Il resta silencieux dans le taxi. Assis l'un près de l'autre, chacun regardait par la vitre, la tête tournée de côté. Elle faisait par instants une réflexion, qu'il semblait ne pas entendre.

Aucun bruit dans le hall sombre du Claremont. Il offrait sans doute cet aspect lorsque lady Swayne rentrait de ses festivités, quand tout le monde était couché depuis longtemps, songea Mrs Palfrey.

Ils prirent l'ascenseur ensemble, mais elle sortit avant lui. Elle le remercia pour la soirée, et s'engagea dans le couloir. Elle l'entendit refermer doucement les portes de l'ascenseur, qui s'éleva à nouveau.

Elle était trop fatiguée pour s'inquiéter de la façon dont il se comporterait avec elle le lendemain matin.

## Chapitre 17

En fin d'après-midi, le lendemain, Mrs Palfrey prit place devant le petit secrétaire pour écrire à sa fille. Mr Osmond et elle ne s'étaient pas dit grand-chose de toute la journée, mais elle avait senti son regard peser sur elle pendant qu'elle conversait avec Mrs Post. Il était maintenant assis à l'autre bout du salon, et écoutait le bulletin météorologique avec son vieux transistor, dont il avait baissé le son car les postes de radio étaient interdits à l'extérieur des chambres. La lumière filtrait à travers son oreille tandis qu'il se penchait vers l'appareil, et filtrait aussi à travers sa main diaphane ; on aurait dit un palmipède aux écoutes.

« J'ai été invitée au banquet des francs-maçons », écrivait Mrs Palfrey, fière d'avoir, pour une fois, un événement à raconter.

Mr Osmond éteignit la radio, dans l'un de ses mouvements d'humeur coutumiers. « Ce type du nord de l'Angleterre, c'est le bouquet ! proclama-t-il. N'arrive même pas à prononcer « météorologique » correctement. On croirait un Américain. *Complaitement.* Vous avez entendu ça ? Les gens capables de parler anglais doivent pourtant se bousculer pour ce genre de boulot. Dix minutes par jour, pas beaucoup plus, à mon avis. Je m'en chargerais volontiers, moi. Un travail à temps partiel aussi peu fatigant ne me déplairait pas. »

Il s'adressait à Mrs Post qui, installée à quelques pas de lui, faisait une réussite.

Il se leva et se dirigea vers la fenêtre, regarda s'amasser les nuages du soir et déclara : « J'ai l'impression qu'il fait très chaud. Temps incertain, c'est bien ce qu'ils ont annoncé ?

– Pardonnez-moi, mais je n'écoute jamais, répondit Mrs Post. Quelles que soient les prévisions, je me dis toujours que je n'y peux rien.

– Parfaitement juste. De toute façon, ils se trompent sans arrêt. Voilà le colonel qui rentre de sa petite promenade hygiénique. Infatigable. C'est le mot qui le dépeint le mieux. Les escaliers ne lui font pas peur. »

Si je retourne les bonnes cartes, Brenda passera bientôt me chercher pour une promenade en voiture, se disait Mrs Post en les étalant avec une impatience croissante – une excitation fébrile.

« Comment s'appelle-t-il, déjà ? demanda Mr Osmond. Le colonel Trucmuche ? Impossible de retrouver son nom. »

Mrs Post ne s'en souvenait pas davantage. « Je ne le retrouve pas non plus, dit-elle. Je n'ai jamais été très douée pour les noms. » Mais ce n'était pas exact. De telles absences n'étaient apparues que depuis peu, et elle luttait de son mieux pour dissimuler ses oublis. Une tâche épuisante, vieillir. C'est comme être un bébé, mais à l'envers. Dans la vie d'un nourrisson, chaque jour représente une nouvelle petite acquisition ; et pour les vieux, chaque jour représente une nouvelle petite perte. On oublie les noms, les dates ne signifient plus rien, les événements se confondent, les visages s'estompent. La petite enfance et la vieillesse sont des périodes harassantes.

« Colonel Mildmay », lança Mrs Palfrey depuis le secrétaire, sans se retourner.

« Une soirée qui m'a agréablement changé les idées, écrivait-elle. Chaque invitée s'est vu offrir un petit poudrier doré. Une idée charmante, je trouve. » Elle fronça les sourcils, prit une autre feuille de papier, et recommença sa lettre. Elle ne parlerait pas du poudrier : elle venait de décider d'en faire cadeau à sa fille pour Noël.

Le colonel entra. C'était un homme timide, qui souhaitait se faire des amis ; il proposa le journal du soir à la ronde et déclara : « Nous aurons de la fricassée de poulet, ce soir. » Il avait consulté le menu dans le hall et ignorait que les autres préféraient le lire individuellement. Mrs Post hocha la tête, plongée dans sa réussite. Un deux de pique manquant compromettait tout.

« Alors, cette patience, ça marche ? » lui demanda Mr Osmond. Elle ne comprenait pas pourquoi il s'adressait si souvent à elle ce jour-là. D'habitude, il l'ignorait superbement et, de fait, la tenait pour l'une des plus stupides représentantes de son sexe.

« Pas très bien. Je crains fort de ne…

– Ne vous avisez pas de tricher, en tout cas. Vous ne tromperiez que vous-même », dit-il, en la menaçant du doigt. Il jeta un coup d'œil en direction de Mrs Palfrey, mais elle continuait d'écrire, calmement, sans se retourner.

Mrs Burton s'avança vers eux, son premier whisky de la soirée à la main. Le colonel l'intéressait. Elle avait toujours eu des « accointances », selon sa propre expression, parmi les militaires (gradés), et avouait même une liaison, pendant la guerre, avec un colonel américain. – « Le rêve de toutes les Anglaises, jeunes et moins jeunes, ajouta-t-elle fièrement. Un vrai colo-

nel, pas un lieutenant-colonel.
– Un vrai, pas un faux ! » renchérit facétieusement Mr Osmond.

Mrs Burton sourit et, sans qu'ils comprennent pourquoi, répéta « un vrai colonel » avec un fort accent yiddish.

« Une cibiche ? » proposa-t-elle au colonel Mildmay en lui tendant son étui, tout en exhalant de fins jets de fumée par le nez.

C'était le soir où son beau-frère venait dîner, et elle portait une robe sans manches ornée d'un empiècement en broderies diamantées montant jusqu'à la clavicule ; la chair de poule hérissait ses bras flasques. Elle s'affala sur un canapé, renversa la tête en arrière et souffla la fumée vers le plafond.

« Il m'est venu à l'esprit, déclara Mr Osmond en s'éloignant de la fenêtre, qu'ils engagent délibérément des demeurés afin d'étouffer le scandale de ces nouveaux collèges d'enseignement général. »

Le colonel lui jeta un regard interrogateur.

« Ah ! c'est vrai, vous n'étiez pas là. Je parle du bulletin météorologique. Ils prennent comme speakers de quasi analphabètes – à dessein. De cette façon, si le petit Willie rentre de l'école avec un accent digne d'un bagnard australien, ses parents se disent que ce n'est pas grave, puisqu'on parle comme ça à la T.S.F. »

Il ne vit pas Mrs Palfrey sourire.

« Vous pourriez bien avoir raison, dit le colonel Mildmay.
– C'est une politique concertée, qui vise à nous imposer leurs programmes d'éducation.
– Vous êtes remarquablement sagace », déclara le colonel.

Il donnait à Mr Osmond l'impression d'être un

homme très agréable. Il eut envie – Mr Osmond – de le prendre à part et de lui demander s'il connaissait celle du type qui va chez le pharmacien ; mais savoir Mrs Palfrey présente le gênait. Il se souvenait à présent d'être allé traîner devant des boîtes de strip-tease pour regarder les photos exposées à l'entrée ; il s'était même rendu spécialement à Soho, très souvent, avec cette idée en tête. Il était horriblement mal à l'aise en songeant aux revues de nudisme rangées dans un tiroir, en haut, dans sa chambre. Evoquer tout cela, dans la pièce même où se trouvait Mrs Palfrey, lui donnait l'impression d'être un monstre – un être venu d'un monde différent, et de qualité bien inférieure. Elle n'aurait pas compris, et si elle avait compris il ne l'aurait pas respectée.

Mrs Burton écrasa vigoureusement sa cigarette, faisant tressauter la chair pendante de son bras.

Mrs Post ramassa tristement ses cartes, et les battit d'un geste lent. Les augures indiquaient que sa cousine ne reviendrait pas avant bon nombre de semaines.

« ...m'a demandé de l'épouser », écrivait Mrs Palfrey. Elle sourit, plaisir et espièglerie mêlés, s'interrompit, et décida de ne pas en dire plus afin de provoquer une menue révolution en Ecosse. Elle ajouta : « Avec toute l'affection de ta mère », et glissa la lettre dans une enveloppe du Claremont.

« Comment s'est passée la petite sauterie ? demanda Mrs Burton à Mr Osmond. Le grand bal, vous savez, la soirée d'orgie ?

– J'ai beaucoup apprécié, dit-il avec raideur. Nous avons tous deux apprécié, je crois.

– Une soirée tout à fait agréable », lança Mrs Palfrey très distinctement. Elle timbra l'enveloppe et s'empara d'une autre feuille de papier. « Cher Ludo, écrivit-elle spontanément, j'adorerais vous avoir à dîner un prochain soir. A la date qui vous conviendra. Bien à vous, Laura Palfrey.

» P.S. : J'espère que vous avez compris que l'argent était un petit cadeau, pas un prêt. Je ne sais plus très bien si, dans la précipitation du départ, je l'avais précisé. »

Ses lettres achevées, il lui fallait maintenant se retourner et faire face aux autres. Elle se sentait intimidée, gênée, après leur avoir si longuement tourné le dos.

Mrs Post étala ses cartes une fois de plus. « Il doit y avoir une sorcière dans cette pendule, dit-elle : les aiguilles n'avancent pas. » Elle regarda l'horloge sur la cheminée de marbre. On aurait dit qu'elle ne marquerait jamais sept heures et demie.

« Vous avez de la famille à Londres ? demanda Mrs Burton au colonel Mildmay.

– Deux neveux, chacun avec femme et enfants.

– C'est magnifique. Vous les verrez très souvent, sans aucun doute.

– C'est en partie ce qui m'a décidé à venir à Londres, je l'avoue, répondit le colonel.

– Il n'y a rien de mieux », répliqua Mrs Burton d'un ton cordial, mais de façon assez vague.

Lorsqu'il fut enfin sept heures et demie, Mr Osmond sortit le dernier. Il ramassa la boule de papier à lettres que Mrs Palfrey avait jetée au panier et la glissa dans sa poche. Puis, dans les toilettes du hall, il la défroissa, la lut, et resta perplexe. Il se demandait pour quelle raison elle n'avait pas voulu parler à sa fille du poudrier doré. Il y réfléchit, une fois à table, en attendant le potage aux lentilles et la fricassée de poulet.

## Chapitre 18

C'était un bel après-midi de fin d'automne, ciel nacré, soupçon de soleil poussiéreux. Une lettre à la main, Mrs Palfrey contemplait Cromwell Road. Elle vit passer une femme portant un gros bouquet d'asters aux pétales dentelés et embués.

Elle songea à Rottingdean, imagina le village, les feuilles tombant – ou déjà tombées – sur les pelouses, et la douceur particulière de l'air ; mais à l'idée qu'elle n'y retournerait jamais, son cœur se serra.

Elle se sentait désormais trop vieille pour en avoir l'énergie, et pourtant il lui faudrait persévérer, comme aurait dit Arthur, dans cette nouvelle vie solitaire. Elle n'aurait plus personne vers qui se tourner, personne ne lui prendrait le bras pour traverser la rue, personne ne la consolerait ; personne n'écouterait, bonnes ou mauvaises nouvelles, ce qu'il lui arrivait. Elle était désespérément exposée – aux petites manies des autres personnes âgées, à l'hiver qui s'annonçait, à ses douleurs, ses souffrances et sa solitude, et même à cette demande en mariage, aussi absurde qu'embarrassante. Elle résolut de ne plus penser à Rottingdean, ni à Ludo – ces deux bonheurs. Ludo n'avait pas répondu à sa lettre. Elle l'avait perdu.

Mr Osmond lisait des extraits du bulletin de son ancien collège au colonel Mildmay, qui aurait préféré somnoler. « Je vois que nous avons battu Haileybury à plate couture », déclara Mr Osmond. Le colonel, qui avait fait ses études à Haileybury, ne répondit pas.

Mrs Post piochait furtivement des chocolats dans une boîte d'une demi-livre dissimulée sous un coussin. Elle en aurait volontiers offert aux autres, mais quand elle s'y était risquée, Mr Osmond avait tripoté un chocolat à la menthe, puis un praliné, avant de changer d'avis et d'opter pour un fondant à la pâte d'amande.

Mr Osmond brandissait à présent une photographie de l'équipe de cricket sous le nez du colonel Mildmay, afin que ce dernier puisse s'associer aux critiques dirigées contre les cheveux longs des jeunes malappris. « Regardez-moi ça. Bonté divine ! Celui-là, derrière, hein, vraiment ! Le vieux Bordon s'en retournerait dans sa tombe, si ce n'est déjà fait. » Mr Osmond se souvint alors que le petit-fils de Mrs Palfrey portait lui aussi les cheveux plutôt longs, et ajouta piteusement : « C'est moins grave, évidemment, s'ils sont propres et bien peignés. »

Antonio entra et desservit les tasses à café. Dès qu'il fut parti, Mrs Post, une fois la boîte de chocolats bien dissimulée sous le coussin, sortit son tricot et déclara : « Il m'a énervée.

– Qui donc ? demanda Mr Osmond.

– Antonio.

– En venant débarrasser ? Ils font ça plus tôt, d'habitude.

– Non, en corrigeant mon français comme il l'a fait. Je ne sais pas ce qui lui a pris. Il n'est pas plus français que moi, après tout. »

Mr Osmond la regarda sans comprendre.

« J'avais dit "a-bricot". Pour la tartelette, vous savez. Ce midi.

– Ah ! » (Comme si tout s'éclairait.) Mais il se

demandait ce qu'elle pouvait bien raconter.

« Il m'a demandé : *cerise* * ? et j'ai répondu non, non, "a-bricot". Ah oui, *abricot* *, m'a-t-il lancé, comme si ça faisait une différence. Il l'a prononcé un peu différemment, c'est tout. Mais il avait parfaitement compris ce que je disais. De toute façon, c'étaient des tartes aux pommes. *Pomme*, vous savez, répéta-t-elle en français. C'est le nappage de confiture qui était à l'abricot. J'ai pour habitude d'accentuer la première syllabe : *a-pricot* en anglais, *a-bricot* en français. C'est une grave erreur ?

– Pas grave au point de vous faire chapitrer, trancha Mr Osmond avec assurance. Surtout par un Rital. »

Envahi de remords, Mr Osmond se sentait même coupable envers Antonio – il se souvenait de lui avoir raconté des blagues dans un anglais très simple, ou de lui avoir décrit les graffitis de son Italie natale. Avec quelle expression de rejet ces plaisanteries avaient été acccueillies ! Etait-ce du mépris, une lenteur naturelle due à l'âge et à la fatigue, ou alors une totale incompréhension ?

Constatant qu'on ne le laisserait pas somnoler en paix, le colonel Mildmay décida d'effectuer sa promenade hygiénique plus tôt que de coutume et se leva avec raideur ; peu après, Mrs Palfrey, toujours devant la fenêtre, le vit descendre les marches du perron et s'engager sur Cromwell Road d'un pas vif – enviable.

Je devrais m'activer davantage, songea Mrs Palfrey. Rester sans rien faire et se tourner mélancoliquement vers le passé n'était pas dans sa nature. Elle résolut d'aller poster sa lettre et, au moment où elle se leva avec prestesse pour s'éloigner de la fenêtre, Mr Osmond apparut à ses côtés.

« Vous semblez pensive, pas vraiment dans votre

assiette, dit-il à voix presque basse. Vous n'êtes pas comme d'habitude, aujourd'hui. Tellement loin des propos futiles des uns et des autres. »

Quel manque de tact ! s'indigna Mrs Post qui, tricotant moins vite, tira lentement la laine hors de son sac en cretonne et releva légèrement la tête, dans l'attente de la réponse de Mrs Palfrey.

« Mais non, tout va très bien. Je regardais les gens se promener par cette belle journée. D'ailleurs, j'étais sur le point de sortir – une petite balade, jusqu'au Natural History Museum peut-être. »

Mr Osmond lui jeta un regard coquin : « C'est une invitation ? » demanda-t-il.

Des muscles raidis apparurent sur le cou de Mrs Palfrey. Les égards dont elle faisait habituellement preuve envers autrui et sa répugnance à le rabrouer entraient en conflit avec la fureur qu'une telle audace provoquait en elle.

Utilisant une phrase de lady Swayne, elle répondit : « Je crains fort que non. »

Ce furent les derniers mots qu'elle lui adressa. Elle se précipita, aussi vite qu'elle en était capable, hors de la pièce. Elle se hâtait toujours, avec son chapeau, son manteau et ses gants, quand elle traversa le hall en prenant ses jambes à son cou, ainsi qu'elle aurait décrit elle-même le bond qu'elle fit pour s'engager dans la porte à tambour. Courant presque, comme pour échapper à un poursuivant, elle perdit l'équilibre et tomba.

« Je suis le petit-fils de Mrs Palfrey.

– Je n'en crois pas un mot, déclara Mr Osmond. Voudriez-vous me la décrire ?

– Non, je ne le veux pas.

– Ou vous ne le pouvez pas ? » Mr Osmond leva un sourcil.

Cet endroit, de toute évidence, était un asile de fous – pour les fous riches, se dit Desmond. Il attendait à la réception, espérant qu'on répondrait à ses questions, lorsque ce vieux cinglé s'était approché de lui.

« Aucune importance, déclara Mr Osmond. Mrs Palfrey est désormais hors de l'atteinte des imposteurs. Mrs Palfrey nous a quittés.

– Vous voulez dire qu'elle est morte ?

– Mrs Palfrey – votre prétendue grand-mère – a été transportée à l'hôpital. Cet après-midi. Nous craignons une fracture du col du fémur. C'est ce qu'on nous a laissé entendre. Très ennuyeux à notre âge, je crois. »

Mr Osmond n'avait pas quitté le hall depuis qu'on avait emporté Mrs Palfrey, les yeux clos (mais elle ne dormait pas), jusqu'à l'ambulance qui attendait dehors.

Mr Wilkins, le directeur, avait été très contrarié par le spectacle de la civière sur le perron. Il commençait à en avoir assez de tous ces vieillards, pourboires minables, pas de vin à table, qui monopolisaient la télévision aux heures de pointe, mettaient du désordre partout et ennuyaient le monde. Il rêvait d'un hôtel pour congressistes, avec des hommes d'affaires buvant sec, et un grand panneau dans le hall où serait indiqué : « Conférence de I.C.I. Suite Pompadour. 11 heures. » Telle était son ambition.

« Elle était évanouie quand on l'a emmenée », dit Mr Osmond au *vrai* * Desmond.

En réalité, Mrs Palfrey avait fermé les yeux à l'idée de souffrir en public, de traverser le trottoir sur une civière : les passants s'arrêtaient pour regarder, et

Ludo qui n'était pas là pour l'aider… Elle s'interdit de penser à lui.

« Où puis-je me renseigner au sujet de ma grand-mère ? » demanda Desmond, exaspéré. Mais seule Mrs Burton apparut : l'employée de la réception avait disparu.

« Je vous l'ai dit, répliqua Mr Osmond. Et n'imaginez pas que vous allez nous entortiller. Aucune ressemblance. Absolument aucune. Ce n'est pas votre avis, Mrs Burton ?

– Ressemblance avec qui ?

– Le petit-fils de Mrs Palfrey.

– Le garçon somptueux ? Non, aucune. Pourquoi ?

– Il prétend que c'est lui. Dit que c'est son nom. »

Mrs Burton laissa échapper quelques éclats de rire, puis se souvint de la tristesse de cette journée. Elle préféra tituber jusqu'au bar.

Astucieusement, Mr Osmond déclara à ce pseudo-petit-fils : « Si vous êtes vraiment celui que vous affirmez être, pourquoi ne pas téléphoner à l'hôpital ? Elle est à Saint-Laurence. Dites que vous êtes de la famille. Ils vous renseigneront. Miss Machintruc vous trouvera le numéro. » Il regarda autour de lui. « Elle devrait arriver d'une minute à l'autre.

– J'appellerai de chez moi, merci », répondit Desmond. Et il se dit qu'il y serait probablement obligé : mettre sa mère au courant – lui refiler le problème, même s'il lui semblait que la visite à sa grand-mère n'avait plus un caractère aussi impérieux.

La lettre dans laquelle Mrs Palfrey mentionnait la demande en mariage n'avait pas provoqué en Ecosse la vague de surprise teintée malgré tout d'admiration que Mrs Palfrey avait espérée, non sans malice ; elle avait suscité une extrême consternation. Quelqu'un en avait après l'argent de Mamie et, comme Mamie était gaga, Desmond fut chargé de découvrir le fin mot de l'affaire. Estimant, en l'occurrence, la situation intéressante, il s'était rendu (mais à son heure) au Claremont. Que Mamie soit à l'hôpital lui convenait admirablement. Un fémur brisé suffirait à retarder le mariage et il pourrait ainsi, lui, se consacrer avec d'autant plus d'efficacité à son ouvrage sur l'art cycladique.

Il remercia Mr Osmond pour les informations fournies et prit la porte ; Mr Osmond le regarda partir en pensant que le véritable petit-fils aurait réagi avec beaucoup plus d'émotion. Ce qui aurait été normal. Mais celui-là, quel piètre acteur, pas du tout crédible et – il fallait bien le reconnaître – menant sa carrière d'imposteur sans grande conviction. Etrange, se dit Mr Osmond.

« Des nouvelles ? » chuchota Mrs Post en le tirant par la manche tant elle était agitée.

« Non, sinon que Mrs Palfrey aura besoin de notre protection à son retour. Des gredins se font déjà passer pour des membres de sa famille. »

Elle ne rentrera peut-être pas, songea Mrs Post – des messes de commémoration plein la tête. Que Mrs Palfrey, et tout particulièrement Mrs Palfrey, quitte l'hôtel sur une civière, en plein jour, puis traverse le trottoir sous le regard curieux des passants (ainsi que Mrs Palfrey l'avait prévu malgré ses souffrances, du sang ruisselant de sa tempe) les avait tous bouleversés. C'était comme assister à la chute d'une statue illustre. Par terre, et brisée, Mrs Palfrey n'était plus Mrs Palfrey.

Mrs Burton, qui rentrait de chez le coiffeur à ce moment précis, avait gravi les marches en courant, mains tendues, puis s'était agenouillée près de Mrs Palfrey et avait glissé le bras sous ses épaules, essuyant doucement son front ensanglanté avec un mouchoir en dentelle. Elle avait protesté quand Summers et Mr Wilkins étaient venus chercher Mrs Palfrey pour la transporter à l'intérieur, s'écriant – appuyée par Mr Osmond – qu'il était dangereux de la déplacer tant que l'ambulance ne serait pas là ; elle leur avait opposé qu'une couverture et une tasse de thé bien sucré lui seraient plus utiles, et qu'il fallait lui lier les jambes avec un foulard.

Mais Mr Wilkins voulait soustraire Mrs Palfrey aux regards. Des vieilles dames qui font des chutes ! Il en avait vraiment assez. « Elle sera mieux dans le hall », affirma-t-il. Et, bon Dieu, c'était déjà bien gentil de la mettre à l'intérieur ! Quelqu'un avait demandé une ambulance, mais il faudrait peut-être attendre une demi-heure avant qu'elle n'arrive.

« Ah ! Ce qu'on appelait du salmigondis ! » lança Mr Osmond à Antonio qui remplissait son assiette de *blanquette de veau* *. Mr Osmond aimait beaucoup ce mot, et l'utilisait pour désigner toutes sortes de ragoûts ; il lui arrivait même de commander spécialement du ragoût pour pouvoir le prononcer.

« *Blanquette de veau* * » , dit Antonio.

Mr Osmond pinça les lèvres et inspira lentement par le nez, comme pour s'efforcer ainsi de garder son calme. Mrs Post avait raison : Antonio se poussait du col.

La viande était pleine de nerfs, la sauce collait aux dents. Il jeta un coup d'œil vers la table du colonel. Plus avisé dans son choix, ce dernier s'attaquait à une côtelette.

La salle à manger était bondée, ce soir-là. Deux messieurs occupaient la table de Mrs Palfrey. La nappe avait été changée. Il remarqua que Mrs Post avait déposé son couteau et sa fourchette sur le ragoût qu'elle n'avait pas touché. Ils n'avaient aucun appétit, ce soir. Seul le colonel mangeait, comme s'il ne s'était rien passé, ce qui était excusable vu qu'il venait d'arriver.

Mr Osmond, démoralisé, avait littéralement le cœur gros. Il le sentait battre mollement, quelque part vers son bas-ventre. Pourquoi prend-il cette peine ? se demanda Mr Osmond. Fort serviable, ce cœur n'avait cessé de produire des pulsations toute sa vie ; il lui arrivait depuis peu, toutefois, de battre par à-coups. Mr Osmond tenta d'avaler un morceau de veau puis déposa lui aussi couteau et fourchette dans son assiette, et se laissa aller contre le dossier de sa chaise. C'est ainsi, songea-t-il, on nous a tous collé un cœur. Un étrange attirail de pompage que Dieu avait problablement créé le dernier jour – et d'aspect tellement victorien.

Mrs Burton et sa nouvelle coiffure gonflante arrivèrent en retard ; elle agita les doigts, comme pour en faire tomber des miettes de pain, en passant devant la table du colonel Mildmay. Il mangeait du fromage avec un biscuit salé et se leva à demi sur son passage, souriant, la bouche pleine.

Elle a des vues sur lui, songea Mr Osmond, mécontent. Peut-être serait-il intéressant de voir comment le colonel s'en sortira. Pas très intéressant, au fond, se dit-il.

A la table de Mrs Palfrey, les deux messieurs souillaient la nappe de cendre de cigarette et Mrs Post, toujours aussi gentille, leur lançait des regards furieux.

Ecœuré par la peau plissée de la viande qui refroidissait dans son assiette, Mr Osmond se leva et quitta la pièce, renonçant à sa crème glacée. Il retourna dans le hall et y resta, car il pensait que les nouvelles – s'il y en avait – arriveraient là. Mais il n'y eut aucune nouvelle.

## Chapitre 19

Ludo attendait dans le couloir de l'hôpital. Parmi les autres visiteurs, certains tenaient des bouquets de chrysanthèmes et gardaient les yeux fixés, comme hébétés, sur les portes fermées de la salle commune.

Après avoir économisé les cinquante livres qu'il devait à Mrs Palfrey, Ludo, qui avait rendu son tablier au *Plaka*, était désormais prêt à se remettre à son roman – le terminer, en fait – dans la salle de banque de Harrods.

Les murs du couloir étaient d'un vert sombre et écaillé dans le haut, et d'un crème miteux en bas. L'odeur des antiseptiques mêlée à celle des chrysanthèmes n'avait rien d'agréable. Ludo était rempli d'appréhension.

Comme il jaillissait de la porte à tambour du Claremont, il avait été accueilli par le visage fermé de Mr Osmond qui, dans le hall, se préparait aux mauvaises nouvelles.

Mrs Post surgit immédiatement, bientôt suivie de Mrs Burton qui décrivit à Ludo de façon très vivante la scène de la chute de Mrs Palfrey : comment elle – Mrs Burton – avait rougi son mouchoir de sang, et comment elle avait tenté de convaincre le directeur de ne pas déplacer Mrs Palfrey.

Mr Wilkins l'entendit et s'approcha, furieux. Tous ces vieux cinglés en prenaient vraiment à leur aise, occupant le hall, stationnant devant le comptoir de la réception, gênant l'arrivée et la sortie des bagages.

« Le concierge et moi savions parfaitement ce que nous faisions, dit-il à Ludo d'un ton contenu mais ferme. Nous sommes tous deux d'anciens militaires.

– Dans l'Intendance, murmura Mr Osmond à Mrs Post. Je ne vois vraiment pas où est le rapport.

– Votre mère a été prévenue, poursuivit Mr Wilkins. C'est à elle d'agir, à présent. Je suis surpris que vous ne soyez pas au courant. C'est arrivé hier.

– Je n'étais pas chez moi.

– Tout s'explique, dans ce cas. Je suis navré que vous en ayez été informé de cette façon. (Mr Wilkins, d'un léger signe de tête, désigna les vieilles personnes groupées derrière lui.) Ils se laissent emporter par leur imagination. » Il avait encore baissé le ton, et souriait comme s'il parlait d'enfants turbulents.

Le récit de la chute de Mrs Palfrey avait incontestablement été très imagé, et c'est en y songeant pendant son attente dans le couloir de l'hôpital que Ludo éprouvait une telle crainte. La scène, telle que Mrs Burton la lui avait décrite, lui avait soudain rappelé le vieux film soviétique *Le Cuirassé Potemkine* – la séquence des escaliers, à Odessa ; et en particulier l'image de la vieille dame qui s'écroulait, du sang sur le visage, ses lunettes écrasées.

Une infirmière ouvrait maintenant la double porte vitrée du bout du couloir, et le petit groupe, Ludo en queue, se mit en marche d'un pas hésitant, laissant une traînée de pétales sur le sol.

Mrs Palfrey se trouvait au milieu de la salle, sa tête bandée tournée dans la direction opposée à la porte : elle était lasse et n'attendait personne. Lorsqu'elle sentit que quelqu'un s'approchait et qu'elle vit ensuite Ludo devant elle, son visage se transforma, ses lèvres tremblèrent et marmonnèrent de façon maladroite : elle retourna sa main posée sur le couvre-lit, comme si ce fût le seul signe de bienvenue dont elle était capable.

Il prit une chaise et s'assit près d'elle. Elle respirait avec peine, aussi lui parla-t-il longtemps, doucement, lui racontant tout ce qui lui passait par la tête – le *Plaka*, sa mère, les messages de ses amis du Claremont et même celui du directeur, qu'il inventa. « Ils aimeraient beaucoup vous rendre visite », dit-il. Mais Mrs Palfrey, se sentant toujours pousuivie par Mr Osmond, tourna la tête sur l'oreiller et chuchota : « Seulement vous.

– Et votre fille ? Elle va venir ?

– On m'a transmis un message. Elle a téléphoné pour dire qu'elle viendrait. Par le train de nuit de lundi. Ils ont beaucoup d'invités, ce week-end, pour la chasse. »

Ludo acquiesça, en songeant à part lui : quelle garce !

« Et votre petit-fils ? Le *vrai* * Desmond ?

– Rien encore. »

Ne trouvant plus grand-chose à dire, Ludo regarda autour de lui.

Face à Mrs Palfrey, une vieille dame était assise près de son lit, vêtue d'une robe de chambre. Seul le fait qu'elle se trouve dans ce service permit à Ludo de penser qu'elle n'était pas un homme : presque chauve, rien n'indiquait qu'elle appartenait au sexe féminin, et encore moins sa robe de chambre de velours côtelé gris. Installée devant une petite table, elle jouait avec des cubes d'enfant qu'elle empilait laborieusement, avant de les faire tomber d'un geste furieux et de les éparpiller.

Mrs Palfrey, qui avait suivi le regard de Ludo, murmura : « Je ne voulais pas mourir parmi des personnes dans cet état. Je voulais être seule.

– Mais vous n'allez pas mourir, déclara Ludo, très vite.

– Ça n'a pas vraiment d'importance, dit Mrs Palfrey d'un ton d'excuse. Peut-être qu'Elizabeth, quand elle viendra, s'occupera de me faire attribuer une chambre particulière.

– Je vais m'en occuper, moi, dit Ludo.

– Ce serait magnifique, si vous pouviez. Lundi me paraît si loin. Et puis j'aimerais avoir mes propres chemises de nuit. Et aussi mon livre de poésie. Je passe mon temps à essayer de me souvenir de poèmes, pour éviter de penser ; mais je les ai tous oubliés – presque tous.

– Ne parlez plus. Vous allez vous fatiguer. »

Il posa sa main sur la sienne et ils restèrent silencieux ; elle avait les yeux fermés, et lui regardait fixement la pendule, au-dessus de la porte, en se demandant quand il allait pouvoir partir.

Lorsque la sonnerie retentit enfin, un frisson parcourut la salle ; les visiteurs s'empressaient de délivrer d'ultimes messages, répétant ce qu'ils avaient déjà dit. Ils tapotaient les oreillers et lançaient des promesses, dans une atmosphère générale de soulagement et de jovialité.

Ludo se leva. Il glissa l'enveloppe contenant les cinquante livres dans la main de Mrs Palfrey. « C'est pour vous. Ne les perdez pas. Je reviendrai. »

Il était parti ; l'un des premiers sortis, parcourant le couloir semé de pétales aussi rapidement qu'il le pouvait, afin de s'occuper de cette question de chambre individuelle, si c'était possible, avant qu'il ne soit trop tard.

« Une pneumonie s'est déclarée », dit Mr Osmond en revenant du téléphone. Il s'assit et consulta Mrs Post du regard. « C'est mauvais, n'est-ce pas ? »

Il avait téléphoné à l'hôpital pour avoir des informations, en se faisant passer pour un parent de Mrs Palfrey.

« "Aussi bien installée que possible", m'a affirmé l'infirmière à qui j'ai parlé. J'ai demandé si les fleurs étaient arrivées, mais elle n'a pas su me répondre. Pour tout dire, elle était plutôt désagréable. Trop zélée, conclut Mr Osmond.

– Elles sont mises à rude épreuve, dit Mrs Burton. Je n'aimerais pas être à leur place.

– Une vocation, j'imagine, murmura Mrs Post.

– C'est de l'avoir déplacée, répéta Mr Osmond pour la vingtième fois. Je ne m'en remets pas. Une telle incompétence ! J'aurais pensé que même un ex-soldat affecté à l'Intendance ne commettrait pas une telle erreur. »

Ils étaient à présent tellement unis par l'anxiété que Mrs Post, impulsivement, sortit une boîte de chocolats de sous un coussin et la fit passer. Mr Osmond prit un délice au sherry et Mrs Burton une truffe au rhum. Le colonel déclina. Il n'avait pas apprécié la remarque désobligeante de Mr Osmond relative aux soldats de l'Intendance. C'était une section indispensable de l'armée qui, à ce titre, méritait le respect. Il décida de sortir faire sa promenade, mais les environs de Cromwell Road commençaient à lui paraître ennuyeux ; il se demandait même s'il n'irait pas s'installer ailleurs.

« Vous avez fait des miracles », chuchota Mrs Palfrey, en parcourant des yeux la petite chambre qu'elle occupait désormais.

Ludo déposa l'anthologie poétique sur la table de nuit, près d'elle. Mrs Post avait préparé un paquet contenant plusieurs chemises de nuit et, avant de les ranger dans un tiroir, Ludo les examina avec intérêt.

« Tout cela grâce à mon capital, déclara Mrs Palfrey en examinant la chambre d'un regard satisfait. En écornant mon capital. (Elle sourit et adresssa un clin d'œil à Ludo.) Je ne sais pas comment Ian va prendre ça.

– Ian ?

– Mon gendre.

– Ah, oui, j'y suis.

– Je ne veux pas de l'argent que vous avez mis dans l'enveloppe. C'était un cadeau. Vous allez le garder, n'est-ce pas ?

– Non. » Il paraissait très grave.

Elle ferma les yeux et Ludo se mit à déambuler nerveusement dans la pièce. De la fenêtre, il contempla la rue encombrée de voitures et les platanes sous la pluie. Sur la table de nuit, douze œillets jaune pâle, racornis, quasiment fanés, retombaient mollement sur un vase ébréché. « Avec les meilleurs souhaits de prompt rétablissement de vos vieux amis du Claremont », disait la carte accompagnant les fleurs.

Quand j'irai mieux, songea Mrs Palfrey – elle ne pensait plus qu'elle allait mourir – quand je pourrai de nouveau sortir, je modifierai mon testament. Il aura ce qui aurait dû revenir à Desmond s'il avait pris la peine de venir me voir.

Pour une fois, elle était injuste envers Desmond, car il avait passé la veille au soir vingt minutes près de son lit. Elle somnolait. Elle lui avait adressé quelques mots mais, à présent, cet épisode lui était totalement sorti de l'esprit.

Avec un faible sourire, elle posa les yeux sur Ludo

qui, au pied du lit, s'était penché pour lire la feuille de température.

« Merci », murmura-t-elle. Elle voulait dire pour la chambre, la visite, les chemises de nuit, lui-même.

« Vous vous souvenez du poème sur les jonquilles ? lui demanda-t-elle après un silence. Impossible de m'en rappeler. »

Il savait qu'oublier les poèmes l'inquiétait. « Celui de Wordsworth ? » interrogea-t-il.

Elle acquiesça. « Je l'adore, celui-là ; mais je ne le retrouve plus. »

Il l'avait appris à l'école, évidemment, et le jugeait plutôt barbant, une suite de petits couplets à la musique sautillante. Remplaçant par quelques « la-la-la » les vers qu'il ne savait plus, il le lui récita, debout au pied du lit.

« Tellement de choses en commun. » Elle poussa un soupir de satisfaction.

Elle semblait endormie, et il allait partir sur la pointe des pieds, lorsqu'elle se remit à parler. « Je me souviens de toi quand tu étais petit. Tu allais toujours te cacher derrière les grands rideaux rouges en hurlant "Ça y est", mais avant même que je commence à te chercher, tu me criais : "Je suis ici, Mamie." Tu n'as jamais aimé les mystères. »

Ensuite elle s'endormit et Ludo put rentrer chez lui.

Rosie était passée, ne sachant trop comment s'occuper ; mais il n'y avait personne, et pas de clé sous la poubelle. Elle fit demi-tour, plutôt vexée que Ludo ne soit pas resté chez lui à l'attendre.

C'est dans son propre sous-sol et non pas chez Harrods que Ludo, le lendemain, termina *Ils n'étaient pas autorisés à mourir là*. Cela fait, il se sentit vidé de tout sentiment et fatigué, comme s'il avait recraché tout un monde.

Quand Elizabeth arriva, sa mère était déjà morte. La religieuse hérita de la paire de coqs de bruyère destinée à acheter les faveurs de qui avait le pouvoir d'en accorder – une idée de Ian.

« Nous avons trouvé une enveloppe contenant de l'argent sous son oreiller. Nous vous demanderons de signer un reçu. Je n'arrive pas à comprendre comment c'est arrivé là.

– Curieux. Il n'y avait personne ? Quand elle est morte, je veux dire ?

– Son petit-fils était parti un peu plus tôt. Elle dormait paisiblement quand il l'a quittée. Il lui avait lu de la poésie.

– De la poésie ?

– Son autre petit-fils était venu aussi, un jour, mais je crois qu'elle dormait, poursuivit la religieuse.

– Elle n'a... elle n'avait... qu'un seul petit-fils.

– Dans ce cas, elle battait probablement la campagne, ou alors on aura mal compris ce qu'elle a dit. Elle a eu une mort très douce, finalement. Elle s'est éteinte sans souffrir. Nous avons été heureuses et fières de faire notre possible pour elle. Elle était tellement bien élevée. Toujours un “merci”, même si elle n'aimait pas ce qu'on lui donnait. »

La religieuse consulta rapidement sa montre, puis divers papiers sur son bureau. « Voulez-vous que je mette en route une tasse de thé ? proposa-t-elle gaiement.

– Non, je ne vais pas m'attarder. »

(Pas de “merci”, avec elle, nota la religieuse.)

« Il reste tant de choses à faire, déclara Elizabeth d'un ton las. Et tout est arrivé si brusquement. »

La religieuse hocha la tête, émit un claquement de langue compatissant, puis saisit un crayon et inscrivit quelque chose dans un dossier.

« Et si tragiquement. Elle était sur le point de se remarier, ajouta Elizabeth.

– Comme c'est charmant, s'écria la religieuse. Certains vieillards ne cesseront jamais de m'étonner. Je crois bien que, chez moi, la gériatrie deviendra une véritable passion. »

Au Claremont, ils surveillaient attentivement la rubrique nécrologique du *Daily Telegraph* ; mais on n'y fit aucune mention de la mort de Mrs Palfrey. Elizabeth et Ian ne voyaient pas qui cela aurait bien pu intéresser.

## Rivages poche / Bibliothèque étrangère

| | |
|---|---|
| Harold Acton | *Pivoines et Poneys* (n° 73) |
| Sholem Aleikhem | *Menahem-Mendl le rêveur* (n° 84) |
| Kingsley Amis | *La Moustache du biographe* (n° 289)<br>*Sur la fin* (n° 404) |
| Jessica Anderson | *Tirra Lirra* (n° 194) |
| Reinaldo Arenas | *Le Portier* (n° 26) |
| Beryl Bainbridge | *Georgie* (n° 367) |
| James Baldwin | *La Chambre de Giovanni* (n° 256) |
| Melissa Bank | *Manuel de chasse et de pêche à l'usage des filles* (n° 326) |
| Quentin Bell | *Le Dossier Brandon* (n° 102) |
| Stefano Benni | *Baol* (n° 179) |
| Ambrose Bierce | *Le Dictionnaire du Diable* (n° 11)<br>*Contes noirs* (n° 59)<br>*En plein cœur de la vie,* vol. I (n° 79)<br>*En plein cœur de la vie,* vol. II (n° 100)<br>*De telles choses sont-elles possibles ?* (n° 130)<br>*Fables fantastiques* (n° 170)<br>*Le Moine et la fille du bourreau* (n° 206) |
| Elizabeth Bowen | *Dernier Automne* (n° 265)<br>*Eva Trout* (n° 358)<br>*L'Adultère* (n° 376) |
| Paul Bowles | *Le Scorpion* (n° 3)<br>*L'Écho* (n° 23)<br>*Un thé sur la montagne* (n° 30) |
| M. E. Braddon | *Le Secret de lady Audley* (n° 340) |
| Louis Buss | *Le Luxe de l'exil* (n° 327) |
| Robert O. Butler | *Un doux parfum d'exil* (n° 197)<br>*Étrange Murmure* (n° 270)<br>*La Nuit close de Saigon* (n° 296)<br>*La Fille d'Hô Chi Minh-Ville* (n° 339) |
| Calamity Jane | *Lettres à sa fille* (n° 232) |

| | |
|---|---|
| Peter Cameron | *Week-end* (n° 245) |
| | *Année bissextile* (n° 303) |
| | *Andorra* (n° 433) |
| Ethan Canin | *L'Empereur de l'air* (n° 109) |
| | *Blue River* (n° 157) |
| Truman Capote | *Un été indien* (n° 9) |
| Willa Cather | *Mon ennemi mortel* (n° 74) |
| | *Une dame perdue* (n° 101) |
| | *Destins obscurs* (n° 117) |
| | *La Mort et l'Archevêque* (n° 144) |
| | *Mon Ántonia* (n° 159) |
| | *La Maison du professeur* (n° 217) |
| | *L'Un des nôtres* (n° 285) |
| | *Des ombres sur le rocher* (n° 337) |
| Daniel Chavarría | *Madrid cette année-là* (n° 341) |
| G. C. Chelli | *L'Héritage Ferramonti* (n° 290) |
| Rafael Chirbes | *Tableau de chasse* (n° 316) |
| Fausta Cialente | *Les Quatre Filles Wieselberger* (n° 10) |
| Barbara Comyns | *Les Infortunes d'Alice* (n° 94) |
| Joseph Conrad | *Le Duel* (n° 106) |
| Lettice Cooper | *Une journée avec Rhoda* (n° 137) |
| | *Fenny* (n° 264) |
| G. Culicchia | *Patatras* (n° 227) |
| | *Paso Doble* (n° 309) |
| Silvio D'Arzo | *Maison des autres* (n° 78) |
| Robertson Davies | *L'Objet du scandale* (n° 234) |
| | *Le Manticore* (n° 260) |
| | *Le Monde des Merveilles* (n° 280) |
| | *Les Anges rebelles* (n°435) |
| A. Davis-Gardner | *Un refuge en ce monde* (n° 118) |
| | *Felice* (n° 203) |
| Andrea De Carlo | *Oiseaux de cage et de volière* (n° 178) |
| Walter de la Mare | *L'Amandier* (n° 108) |
| | *Du fond de l'abîme* (n° 141) |
| | *À première vue* (n° 219) |
| D. Del Giudice | *Le Stade de Wimbledon* (n° 209) |
| Erri De Luca | *Une fois, un jour* (n° 119) |
| | *Acide, Arc-en-ciel* (n° 201) |

| | |
|---|---|
| | *En haut à gauche* (n° 251) |
| | *Tu, mio* (n° 315) |
| Alfred Döblin | *L'Assassinat d'une renoncule* (n° 25) |
| H. von Doderer | *Un meurtre que tout le monde commet* (n° 14) |
| Michael Dorris | *Un radeau jaune sur l'eau bleue* (n° 121) |
| Karen Duve | *Déluge* (n° 405) |
| J. M. Falkner | *Le Stradivarius perdu* (n° 153) |
| Sergio Ferrero | *Le Jeu sur le pont* (n° 370) |
| | *Dans l'ombre* (n° 410) |
| Eva Figes | *Lumière* (n° 5) |
| Ronald Firbank | *La Fleur foulée aux pieds* (n° 304) |
| | *Les Excentricités du cardinal Pirelli* (n° 305) |
| Richard Ford | *Rock Springs* (n° 220) |
| Janet Frame | *Les hiboux pleurent vraiment* (n° 375) |
| Mavis Gallant | *Les Quatre Saisons* (n° 82) |
| | *Voyageurs en souffrance* (n° 175) |
| | *L'Été d'un célibataire* (n° 205) |
| | *Chroniques de Mai 68* (n° 246) |
| Jane Gardam | *La Dame aux cymbales* (n° 276) |
| William Gass | *Au cœur du cœur de ce pays* (n° 146) |
| Kaye Gibbons | *Ellen Foster* (n° 4) |
| | *Une femme vertueuse* (n° 31) |
| Barry Gifford | *Les Vies parallèles de Jack Kerouac* (n° 81) |
| | *Paysage avec voyageur* (n° 133) |
| Lars Gustafsson | *Musique funèbre* (n° 135) |
| Thomas Hardy | *Les Yeux bleus* (n° 371) |
| MacDonald Harris | *La Valise de Hemingway* (n° 149) |
| Robert Hellenga | *Les Seize Voluptés* (n° 415) |
| C. Isherwood | *Le Condor* (n° 28) |
| | *Octobre* (n° 284) |
| Henry James | *Mémoires d'un jeune garçon* (n° 27) |
| | *Owen Wingrave* (n° 36) |
| | *Le Dernier des Valerii* (n° 62) |
| | *Un épisode international* (n° 97) |
| | *Carnet de famille* (n° 292) |
| | *La Tour d'ivoire* (n° 355) |
| Diane Johnson | *Nuits persanes* (n° 185) |
| Elizabeth Jolley | *L'Héritage de Miss Peabody* (n° 87) |

| | |
|---|---|
| | *Tombé du ciel* (n° 131) |
| | *Foxybaby* (n° 161) |
| | *Le Puits* (n° 282) |
| Francis King | *La Maison des ténèbres* (n° 349) |
| B. Kingsolver | *L'Arbre aux haricots* (n° 224) |
| | *Les Cochons au paradis* (n° 242) |
| | *Les Yeux dans les arbres* (n° 331) |
| | *Une rivière sur la lune* (n° 439) |
| Rudyard Kipling | *Le Miracle de saint Jubanus* (n° 85) |
| B. Kirshenbaum | *Poésie, sexe et mélancolie* (n° 422) |
| Fatos Kongoli | *Le Paumé* (n° 271) |
| | *L'Ombre de l'autre* (n° 301) |
| | *Le Dragon d'ivoire* (n° 366) |
| | *Le Rêve de Damoclès* (n° 443) |
| Mirko Kovăc | *La Vie de Malvina Trifković* (n° 111) |
| Gavin Lambert | *Le Crime de Hannah Kingdom* (n° 104) |
| Wendy Law-Yone | *Tango birman* (n° 342) |
| Ella Leffland | *Rose Munck* (n° 134) |
| David Lodge | *Jeu de société* (n° 44) |
| | *Changement de décor* (n° 54) |
| | *Un tout petit monde* (n° 69) |
| | *La Chute du British Museum* (n° 93) |
| | *Nouvelles du Paradis* (n° 124) |
| | *Jeux de maux* (n° 154) |
| | *Hors de l'abri* (n° 189) |
| | *L'homme qui ne voulait plus se lever* (n° 212) |
| | *Thérapie* (n° 240) |
| | *Les Quatre Vérités* (n° 362) |
| Rosetta Loy | *Les Routes de poussière* (n° 164) |
| | *Un chocolat chez Hanselmann* (n° 255) |
| | *Madame Della Seta aussi est juive* (n° 318) |
| | *La Porte de l'eau* (n° 399) |
| Alison Lurie | *Les Amours d'Emily Turner* (n° 7) |
| | *La Ville de nulle part* (n° 21) |
| | *La Vérité sur Lorin Jones* (n° 32) |
| | *Des gens comme les autres* (n° 38) |
| | *Conflits de famille* (n° 46) |
| | *Des amis imaginaires* (n° 71) |
| | *Comme des enfants* (n° 107) |
| | *Femmes et Fantômes* (n° 182) |

| | |
|---|---|
| | *Liaisons étrangères* (n° 207) |
| | *Ne le dites pas aux grands* (n° 279) |
| | *Un été à Key West* (n° 300) |
| Norman Maclean | *Montana, 1919* (n° 140) |
| | *La Rivière du sixième jour* (n° 213) |
| | *La Part du feu* (n° 243) |
| Javier Marías | *L'Homme sentimental* (n° 24) |
| | *Le Roman d'Oxford* (n° 114) |
| | *Un cœur si blanc* (n° 186) |
| | *Ce que dit le majordome* (n° 237) |
| | *Demain dans la bataille pense à moi* (n° 253) |
| | *Quand j'étais mortel* (n° 295) |
| Olga Masters | *Le Cœur labyrinthe* (n° 115) |
| Jay McInerney | *Toute ma vie* (n° 229) |
| Steven Millhauser | *La Galerie des jeux* (n° 37) |
| V. Molina Foix | *La Femme sans tête* (n° 377) |
| Rick Moody | *Purple America* (n° 374) |
| Lorrie Moore | *Des histoires pour rien* (n° 8) |
| | *Vies cruelles* (n° 61) |
| | *Anagrammes* (n° 91) |
| | *Que vont devenir les grenouilles ?* (n° 236) |
| | *Déroutes* (n° 411) |
| Frank Moorhouse | *Quarante/Dix-sept* (n° 112) |
| Guido Morselli | *Dissipatio* (n° 173) |
| John Mortimer | *Félix aux enfers* (n° 363) |
| Alice Munro | *Les Lunes de Jupiter* (n° 147) |
| | *Amie de ma jeunesse* (n° 198) |
| | *Secrets de Polichinelle* (n° 328) |
| | *L'Amour d'une honnête femme* (n° 416) |
| Vladimir Nabokov | *L'Enchanteur* (n° 215) |
| Roger Nimier | *Les Indes Galandes* (n° 64) |
| Whitney Otto | *Le Jour du patchwork* (n° 184) |
| Cynthia Ozick | *Le Rabbi païen* (n° 29) |
| Grace Paley | *Les Petits Riens de la vie* (n° 1) |
| | *Plus tard le même jour* (n° 13) |
| | *Énorme changement de dernière minute* (n° 163) |
| Victor Paskov | *Ballade pour Georg Henig* (n° 33) |
| Pier Paolo Pasolini | *Descriptions de descriptions* (n° 168) |
| Walker Percy | *Le Cinéphile* (n° 18) |

| | |
|---|---|
| | *L'Amour parmi les ruines* (n° 88) |
| | *Les Signes de l'apocalypse* (n° 172) |
| Annie Proulx | *Nœuds et dénouement* (n° 267) |
| | *Cartes postales* (n° 332) |
| | *Les Pieds dans la boue* (n° 406) |
| Barbara Pym | *Adam et Cassandra* (n° 15) |
| | *Secret, très secret* (n° 35) |
| | *Lorsqu'un matin d'orage* (n° 47) |
| Elisabetta Rasy | *La Première Extase* (n° 228) |
| Simon Raven | *Les Mauvaises Fréquentations* (n° 324) |
| | *Les riches payent tard* (n° 350) |
| Laura Restrepo | *Douce Compagnie* (n° 293) |
| Bernice Rubens | *Le Visiteur nocturne* (n° 329) |
| Umberto Saba | *Couleur du temps* (n° 6) |
| | *Comme un vieillard qui rêve* (n° 17) |
| Lisa Saint-Aubin de Terán | *Les Jours de l'Orénoque* (n° 90) |
| John Saul | *Baraka* (n° 142) |
| | *De si bons Américains* (n° 183) |
| | *Mort d'un général* (n° 216) |
| | *Paradis Blues* (n° 338) |
| | *L'Ennemi du bien* (n° 432) |
| Karel Schoeman | *En étrange pays* (n° 249) |
| Budd Schulberg | *Un homme dans la foule* (n° 76) |
| | *Le Désenchanté* (n° 77) |
| | *Le Visage de Hollywood* (n° 156) |
| Carl Seelig | *Promenades avec Robert Walser* (n° 65) |
| Jane Shapiro | *Le Mari dangereux* (n° 389) |
| Carol Shields | *Swann* (n° 126) |
| | *La République de l'amour* (n° 160) |
| Jane Smiley | *Portraits d'après nature* (n° 148) |
| | *L'Exploitation* (n° 199) |
| | *Un appartement à New York* (n° 218) |
| | *Moo* (n° 277) |
| | *Chagrins* (n° 308) |
| | *Le Paradis des chevaux* (n° 427) |
| Natsumé Sôseki | *Oreiller d'herbes* (n° 2) |
| | *Clair-obscur* (n° 22) |
| | *Le Voyageur* (n° 122) |

| | |
|---|---|
| | *Le 210e jour* (n° 286)<br>*À travers la vitre* (n° 359) |
| Muriel Spark | *La Porte Mandelbaum* (n° 319) |
| Elizabeth Spencer | *Nouvelles du Sud* (n° 188) |
| Tilman Spengler | *Le Cerveau de Lénine* (n° 151) |
| R. L. Stevenson | *Fables* (n° 20)<br>*La Magicienne* (n° 34)<br>*Olalla* (n° 56) |
| W. Stockenström | *Le Baobab* (n° 323) |
| Italo Svevo | *Le Destin des souvenirs* (n° 12) |
| Paco I. Taibo II | *Le Rendez-vous des héros* (n° 204) |
| Elizabeth Taylor | *Angel* (n° 41)<br>*Mrs. Palfrey, Hôtel Claremont* (n° 67)<br>*Cher Edmund* (n° 98)<br>*Noces de faïence* (n° 125)<br>*Une saison d'été* (n° 155)<br>*La Bonté même* (n° 190)<br>*Le Papier tue-mouches* (n° 250)<br>*Une partie de cache-cache* (n° 273)<br>*Le Cœur lourd* (n° 307)<br>*Vue sur le port* (n° 373) |
| J. Turner Hospital | *L'Opale du désert* (n° 398)<br>*Comme un tigre en cage* (n° 436) |
| Gore Vidal | *Un garçon près de la rivière* (n° 269)<br>*Myra Breckinridge et Myron* (n° 383)<br>*En direct du Golgotha* (n° 444) |
| Alberto Vigevani | *Le Tablier rouge* (n° 136)<br>*Un été au bord du lac* (n° 195) |
| Evelyn Waugh | *Trois nouvelles* (n° 138) |
| Fay Weldon | *Copies conformes* (n° 128) |
| Paul West | *Le Médecin de Lord Byron* (n° 50) |
| Rebecca West | *Femmes d'affaires* (n° 167) |
| Thomas Wharton | *Le Champ de glace* (n° 372) |
| Joy Williams | *Dérapages* (n° 120) |
| Tim Winton | *Cet œil, le ciel* (n° 225)<br>*La Femme égarée* (n° 262) |

| | |
|---|---|
| Virginia Woolf | *La Vie de Roger Fry* (n° 397) |
| Banana Yoshimoto | *N.P* (n° 274) |
| | *Lézard* (n° 354) |
| | *Dur, dur* (n° 428) |
| E. Zamiatine | *Seul* (n° 16) |
| | *Le Pêcheur d'hommes* (n° 19) |
| Chiara Zocchi | *Olga* (n° 423) |

Achevé d'imprimer sur rotative
par l'Imprimerie Darantiere à Dijon-Quetigny
en octobre 2003

Dépôt légal : février 1993
N° d'impression : 23-1227

*Imprimé en France*